새벽 1시 45분,
나의 그림 산책

새벽 1시 45분,
나의 그림 산책

이
동
섭

홍익출판사

왜 그런 날 있잖아요?

비 오면 부침개와 칼칼한 국물이 먹고 싶고, 벚꽃 피거나 첫눈 내리면 옛사랑이 떠오르듯이, 사람들에게 마음이 치인 날 당신은 어떻게 하루를 보내나요? 누굴 만나면 나쁜 기분을 전염시킬까 걱정되고, 아무리 편한 친구여도 부담스럽잖아요. 그래서 저는 혼자 길을 걷다가 마음에 드는 카페에 들어가요. 따뜻한 커피를 후후 불며 한 모금씩 홀짝이며 거리의 사람들을 구경하고, 좋아하는 음악을 연이어 듣고, 웃긴 동영상들을 보다 보면, 기분이 한결 가벼워져요. 날카로웠던 마음도 조금은 둥글둥글해지고요.

그런 날도 있지 않으세요?

남들은 모두 예쁜 옷 입고 분위기 좋은 레스토랑에서 맛있는 요리 먹으며 즐거운데, 나만 재미없는 매일을 사는 것 같아서 너무 초라해질 때. 그때 저는 스마트폰을 끄고 그림을 봐요. 마네와 모네의 풍경화는 파리여행의 욕구를 자극하고(돈 아껴 여행가자!), 르누아르가 그린 연인들은 웃는 모습이 맑고 예뻤던 그와의 추억들을 떠오르게 하고(나보다는 행복하지 않기를!), 반 고흐의 자화상에서는 삶을 뜨겁게 사랑했던 한 사나이의 영혼을 만나 가슴이 뜨거워지고 (징징거리지 말고 열심히 살자!), 베르메르의 풍속화는 평범한 일상도 찬란하게 빛나는 순간임을 깨닫게 하죠. 그렇게 나만의 미술관에 걸린 그림들에 나의 일상을 비춰 보면, 화려하진 않아도 나름대로 꽤 괜찮다는 생각이 들어요. 나 자신에게 마음이 너그러워져요.

오 늘 은 혼 자 있 을 게 요!

사람들과 잘 지내려면 혼자만의 시간이 필요했고, 그때 그림은 참 매력적인 동반자가 되어주었어요. 외로우며 달콤했던 혼자의 날들이 쌓여 마음이 튼튼해졌고, 주변 사람들의 가시돋힌 말과 세상살이의 괴로움도 견딜 수 있었어요. 당신도 이 책과 함께 오롯이 혼자서 충만한 시간을 보낼 수 있기를, 그리하여 당신의 하루하루가 조금은 더 행복해지길 바랍니다.

단풍이 꽃으로 피어나는 가을
이동섭

여행 동료
아우구스투스 레오폴드 에그
1862 ㅣ 캔버스에 유채
65.3×78.7cm
버밍엄 박물관 및 미술관

Content

Part 2

너무 사소해서 잊어버린 장면들

Part 3
혼자 알게 된 삶의 비밀들

Part 5
더는 숨지 않고 나다움을 찾을 때

Part 1

혼자를
선택하는 시간

무엇을 하고 싶을까? 나는 무엇을 하고 싶었는데 못해서 억눌려 있을까?
삶의 모든 시간을 '지금 이 순간'이라고 외치며 살 수는 없지만,
정말 하고 싶었던 일은 최대한 하면서 사는 게 좋지 않을까?

곧바로
집에 가지 않겠어요

하루 일과를 마친 직장인들은 곧바로 집에 가고 싶어 하지 않는다. 미국이나 유럽의 영화를 보면 그들은 퇴근과 귀가 사이에 술집에 들러 한 시간 정도 맥주나 칵테일 등을 가볍게 마시면서 근심과 걱정, 직장의 스트레스를 털어낸다. 그렇게 직장인의 몸을 씻어내고 한 가정의 아버지나 어머니, 남편이나 부인으로 새로워지는 시간을 '블루 아워Blue hour'라고 한다.

회사가 전쟁터는 아니지만, 하루 동안 우리가 감당해야 하는 긴장과 불안은 엄청나다. 매일 그것을 적절히 해소하려면 자신만의 '블루 아워'를 마련해두어야 한다. 우리는 제대로 살려고 일을 하지, 일하려고 살지 않는다. 너무 당연한 이야기지만, 때때로 되새기지 않으면 헷갈린다.

지혜로우신
영자 누나

인생을 즐겁고 재미있게 사는 연예인 이영자가 매니저에게 한 말.

"누가 기운 빠지는 소리 하잖아요? 걔를 인생에서 빼 버려요."

누나, 멋져요!

실수는 성장통

나는 실수가 두려웠다. 예측하지 못한 상황에서 실수하지 않으려 익숙한 것들로만 벽을 쌓았다. 가지 않았던 길은 가지 않고, 아는 길로만 다녀 편안하나 때때로 답답했다. 현실을 적극적으로 사는 이들은 낯선 상황과 새로운 경험을 즐긴다. 그들은 실수를 해도 위축되거나 포기하지 않는다. 실수를 성장통으로 간주한다. 그것이 나와 가장 큰 차이점이다. 나도 이제 스스로에게 되뇌이며 새로운 경험에 도전한다.

'실수해도 괜찮아. 실수는 성장통이야.'

마음에도
진통제가 필요하다

연인과 헤어졌을 때 우리의 뇌가 일으키는 반응은 교통사고를 당했을 때와 같다. 심리적인 이유로도 인간은 몸으로 반응하기 때문이다. 그래서 마음이 놀랐을 때에도 진통제를 먹으면, 고통이 덜어진다.

그러니 우리는 마음을 다친 이들을 몸을 다친 사람처럼 대해야 한다. 마음의 고통은 눈에 보이지 않아 가볍게 보기 쉽지만, 마음의 아픔을 토로하는 사람을 꾀병이나 의지가 약한 사람의 유난한 반응으로 치부해서는 안 된다. 우리는 끊임없이 스스로를 돌보고, 스스로를 돌보는 가까운 사람도 잘 돌봐야 한다.

가끔은
스스로에게 상처를

유럽 중세를 배경으로 펼쳐지는 영화에서 왕은 무릎 꿇고
기사 작위를 받는 젊은 군사에게 자신보다 공동체를 위해
칼을 써야 한다고 말하더니, 자신의 칼로 군사의 뺨에 작지
만 예리한 상처를 냈다. 그렇게 왕의 가르침은 용맹한 군사
의 뺨에 피로 흐르고, 피가 멈춘 뒤에는 흉터로 남았다. 그
군사는 죽을 때까지 그 흉터를 훈장으로 삼았다. 잊고 싶지
않은 교훈이 있을 때, 나도 손가락 끝을 꼬집는다. 그 교훈
이 내 몸에 각인되기를 바라며…….

파도
귀스타브 쿠르베 ┃ 1870 ┃ 캔버스에 유채 ┃ 112×144cm ┃ 베를린 올드내셔널갤러리

함께 양말을 벗고
나란히

오랫동안 '혼자'는 불행과 불운을 의미했다. '아직도 혼자야?'는 연애나 결혼을 왜 못하느냐는 질책으로, '어제 영화 보러 혼자 갔어?'는 친구도 없느냐는 놀림으로 들린다. 물론 '그걸 혼자 다했어?' 같은 놀람과 놀림이 섞인 칭찬도 있다. 하지만 칭찬이든 비난이든 내가 '혼자'를 선택했다는 사실은 완전히 배제되어 있다.

영어에서 'alone'은 '혼자', '단독으로'라는 뜻으로, 외로움은 'loneliness'로 쓴다. 영어에서 a는 종종 접두어로서 부정의 의미를 전한다. 그렇다면 alone은 나는 혼자인데 혼자가 아니라는 뜻으로, 말장난 같아도 이렇게 생각해 볼 수 있다. '나는 나와 함께 있다.' 첫 번째 나는 사회적인 나, 두 번째 나는 개인적인 나다. 그래서 혼자 있지만 외로움을 느끼지는 않는다. 내가 홀로 있을 때, 비로소 나를 구성하는 그 둘은 함께 양말을 벗고 편안하다. 일상에서 그들이 갈등하고 다투느라 쌓였던 미움이 조금씩 녹아간다.

alone은 'all+one'으로도 읽힌다. 모두all가 하나one로 같아진다면, 우리는 외로워진다. 그러니 타인을 닮으려 하면서 자신의 시간을 허비하는 일은 필요 없을뿐더러 위험하기까지 하다. 남들과 똑같아지려 애쓸수록 우리는 더더욱 외로움의 늪으로 달려드는 셈이다. 다름을 두려워 말고, 남들의 시선을 신경 쓰지 말고, 가끔 자발적으로 혼자가 되어 자기다움을 추구해야 한다.

화가 폴 세잔은 "고독은 나와 어울린다. 고독할 때만큼은 아무도 나를 좌지우지할 수 없다"고 했다.* 나는 고독을 뜻하는 'solitude'를 '자기의 영혼을 가지려는 태도soul+attitude'로 받아들인다. 혼자 있어 즐거우면 고독이고 고통스러우면 외로움인 것이다. 세잔은 남프랑스 엑상프로방스의 고향 마을에서 하루 대부분의 시간을 풍경을 관찰하며 보냈다. 자연의 독창적인 일부가 풍경이 되고, 풍경은 세잔의 내면으로 흘러들어와 이미지로 압축되고, 그의 캔버스는 위대해졌다. 그것은 외로움을 극복한 고독의 결실이었다.

---

* 울리케 베크스 말로르니, 《폴 세잔》, 박미연 옮김, 마로니에북스, 2007.

이 대리 말고, 이수현 씨!
이름으로 불러주세요

학교를 졸업하고 회사에 다니다 보면, 우리는 김 대리, 박 과장, 최 팀장 등 직책으로 불린다. 직장에 다니지 않고 글을 쓰는 내가 업무상 만나는 사람들은 대개 출판사 편집자, 도서관 사서, 방송 작가나 프로듀서, 학생이다. 그들과 직책으로 만나지 않기에, 나는 대체로 이름에 '씨'나 '님'을 붙여서 부른다. 특별한 계기가 있었다.《반 고흐 인생수업》을 출간하고 어느 도서관에서 특강을 한 적이 있다. 60대 초반 정도의 어르신이 오셔서 책 속에 내가 내 아버지를 이름으로 부른다는 구절이 참 좋았다면서, "나이 들면 아무도 이름을 안 불러줘요. 내 이름을 불러주면 그게 그렇게 좋아요"라고 말을 건네셨다. 그 후로 나는 상대를 이름으로 주로 부르는데, 그러면 왠지 친밀해진 기분이다.

그래서 나는 가끔 나 자신이 짜증나거나 답답할 때, 내 이름을 다정하게 부른다. "동섭 씨, 제발!" 그것만으로도 나 자신에 대한 미움이 조금은 연해진다.

술과 커피가 없는 밤은,
위험하다

몸 안의 카페인이 줄어들수록 지난 시간들이 두서없이 밀려든다. 매일 아침 우리가 커피를 마시는 이유는, 어제의 심란했던 일들이 오늘로 넘어오지 못하게 막고 싶기 때문이다. 세 모금의 에스프레소, 한 잔의 아메리카노, 우유로 부드럽게 버무린 카페라테. 이름은 달라도 역할은 같다.

　아침의 커피가 어제를 어제로 묻는다면, 저녁의 커피는 낮의 일들을 떠나보내는 망각제다. 이때의 커피는 낮 동안 일과 사람들에게서 치였던 마음을 다독인다. 도무지 해소되지 않는 일이라면, 돈을 벌기 위해 혹은 성장하기 위해 내가로 치렀다고 받아들일 힘을 준다. 그러니 가장 좋은 커피를 마셔야 하는 시간이다. 하루분의 사치를 부려도 좋다. 이렇게 해서도 떨치지 못한 지난 시간의 응어리는 혼자 있는 밤에 밀어닥친다. 커피를 마시면 잠이 오지 않는 이유는, 그것을 꿈에서라도 만나기 싫어서다. 오늘을 오늘로 끝내려면, 내가 나를 솔직하게 만날 용기가 필요하다. 밤의 카페인은 술처럼 용기를 준다. 그래서 밤에는 커피가 술의 안주가 되고, 술이 커피의 식전주가 되기도 한다. 커피와 술이 하나로 모여서 어지럽던 마음이 가라앉는다.

자두
에두아르 마네 ㅣ 1878 ㅣ 캔버스에 유채 ㅣ 73.6×50.2cm ㅣ 워싱턴 국립미술관

새벽 1시 45분,
내 안의 어린이와 만나는 시간

하루를 온전히 한 명의 나로 살기는 버겁다. 돈을 벌어야 하는 시간 동안은 돈 버는 나로 산다. 퇴근과 동시에 돈 버는 나도 퇴근시킨다. 그리고 시간을 돌려 어린 시절의 나를 꺼낸다. 어렵지 않다. 오랜 친구들을 만나면 저절로 해결된다. 중고등학교 시절의 친구들을 만나면, 옛 추억과 시덥잖은 이야기가 끊이지 않는다. 노래방을 가지 않아도 목청껏 수다를 떠느라 목이 따끔거리기도 하고, 금요일이나 토요일에는 밤새 술을 마시고 이른 아침을 먹고 헤어지기도 한다. 집으로 돌아가는 길에 몸은 무겁지만 마음은 가벼워진다.

늦게 일을 끝내고, 혼자 저녁을 해결하고, 집에 들어와 이것저것 하다 보면 어느새 12시다. 스마트폰을 끄고 좋아하는 음악을 엘피로 듣다 보면, 새벽 1시 반. 여전히 잠은 오지 않고 음악으로 충만해진 그런 날은 내 안의 어린이를 만난다. 자려고 누워도 갖가지 몽상과 상상으로 불꺼진 천장이 환해진다. 소년인 나는 웃음이 많았고, 숙제만 다하면 별다른 걱정이 없고 매일이 하고 싶은 일로 가득했었다. 어른인 나는 걱정이 많고, 할 일을 다했는데도 께름칙하고, 매일이 하기 싫은 일로 가득하다. 하고 싶은 일만 하고 살 수 없음을 잘 알기에, 가끔은 내 안의 잘 웃던 아이를 떠올리며 혼자 웃는다. 새벽 1시 45분, 자주 만나지는 못해도 언제나 나를 기다리는 소년의 웃음. 음악의 볼륨을 키우듯, 내 안의 소년을 만나는 소중한 시간. 월트 디즈니와 스튜디오 지브리의 애니메이션을 다시 보고, 어린 시절 갖고 놀던 장난감을 인터넷으로 찾아보거나 재미있게 읽었던 동화책을 다시 읽는다.

"어린이는 신적인 존재이다. 있는 그대로가 전체이며, 그렇기 때문에 어린이는 그처럼 아름답다. 법칙과 운명의 강요는 어린이에게 미치지 않는다. 어린이의 마음 안에는 오로지 자유만이 존재하는 것이다. 그의 내면에는 평화가 있다. 어린이는 제 스스로 반목하지 않는다. 그의 내면에는 풍요로움이 있다. 그는 자신의 마음을 알고, 삶의 궁핍을 모른다. 어린이는 죽음에 대해서 아무것도 모르기 때문에 영생불멸이다." *

---

* 프리드리히 횔덜린, 《휘페리온》, 장영태 옮김, 을유문화사, 2008.

말타기
윌리엄 아돌프 부그로 ┃ 1884 ┃ 캔버스에 유채 ┃ 137×101.2cm
매사추세츠 버크셔박물관

지금 이 순간,
마법처럼

뮤지컬 〈지킬 앤 하이드 Jekyll and Hyde〉는 몰라도, '지금 이 순간, 마법처럼~' 노래를 들어본 사람은 많을 것이다. 인간의 이중인격을 소재로 하여 소설로 발표됐을 당시부터 폭발적인 인기를 얻었다. 소설과 내용이 상당히 다른 뮤지컬에서 지킬 박사는 인간의 선과 악을 분리하는 약을 개발하여 제 몸에 스스로 주사하고, 그 변화를 기록한다. 약기운이 몸에 돌자, 지킬 박사는 미소를 지으며 기분 좋아하더니 갑자기 극심한 고통으로 바닥에 쓰러져 몸부림친다. 고통이 잦아들었는지, 그는 온통 헝클어진 긴 머리칼을 쓸어올리며 천천히 일어선다.

그의 목소리 톤과 눈빛은 완전히 다른 인격체인 하이드가 되었고, 이제 자신은 자유라고 박력 넘치게 외친다. 그리고 몇 시간 전 술집에서 만났던 아름다운 루시의 몸을 격렬하게 끌어안는 상상을 한다. 이후로 계속되는 흥미진진한 이야기와 달콤하고 격정적인 음악으로 마지막 순간까지 무대에서 눈을 뗄 수가 없다. 나는 이 작품을 열 번 넘게 봤는데, 매번 지킬이 처음으로 하이드가 되는 장면을 보면서 다음과 같은 상상을 한다.

만약 내게도 저런 약이 허용된다면, 하이드가 된 나는 무엇을 할까? 무엇을 하고 싶을까? 나는 무엇을 하고 싶었는데 못해서 억눌려 있을까? 삶의 모든 시간을 '지금 이 순간'이라고 외치며 살 수는 없지만, 정말 하고 싶었던 일이라면 최대한 하면서 사는 게 좋지 않을까? 분명한 건, 선택의 순간에 '다음에 하자'고 미루면 영원히 하지 못할 가능성이 크다. 그러니 마법처럼 지금 이 순간이 당신에게 온 것인 만큼, 이번에 한번 해보자.

밤 산책의 효과

내가 알고 있는 괜찮은 인간들은 모두 걷기를 즐겼다. 만성
적인 두통과 구토로 고통스러워하면서도 알프스의 질스마
리아를 걷고 또 걸으며《차라투스트라는 이렇게 말했다》와
'영원 회귀'의 착상을 떠올린 니체, 프랑스 샤를빌과 파리,
마르세유와 아프리카 사막 등지를 쉴 새 없이 오가며 '바
람구두를 신은 인간'으로 불렸던 시인 랭보, 걸어야만 진정
으로 생각하고 구상할 수 있다고 믿었던 루소, 건강을 유지
하고 자신을 제어하는 훈련을 하기 위해 일상적으로 산책
에 나섰던 칸트, 우울과 광기 어린 걷기를 통해 비범한 작
품을 창조해낸 시인 네르발과 횔덜린 등 사상사와 문학사
에 이름을 남긴 인물들의 삶에는 걷기가 중대한 영향을 미
쳤다.

  인간은 책을 읽어야만 생각할 수 있는 존재가 아니다. 혼
자 길을 걷고, 산을 오르고, 바닷가에서 뛰다 보면 생각이
생긴다고 니체는《즐거운 학문》에 썼다. 프랑스 계몽주의
철학자 루소도《고백》에서 이와 비슷한 이야기를 했다. 혼
자 걸으며 여행할 때, 가장 많이 생각하고 많이 체험할 수
있으며 그때 가장 '나 자신이 된다'고 힘주어 말했다.

나는 밤에 혼자 도시를 걷는다. 어두워진 거리를 걸으면, 마치 내가 시간을 걷고 있다는 느낌이 들곤 한다. 과거-현재-미래의 연결선이 느슨해지며, 현재 안의 과거와 과거 안의 미래가 엉켜들며 문득 오랫동안 잊었던 사람이 떠오르기도 하고, 한때 친해지려 노력했지만 잘되지 않은 사람들의 안부가 궁금해진다. 때때로 도저히 이해되지 않았던 책의 내용이 갑자기 이해되기도 한다. 아무 목적 없이 그저 떠돌듯이 걷는 사람을, 프랑스에서는 '플라뇌르flâneur'로 부른다. 정처 없이 도시를 걸을 때, 시간을 흘려보낼 때, 평소와 다른 생각이 머릿속으로 밀려든다.

비 오는 날 파리의 거리
귀스타브 카유보트
1877 | 캔버스에 유채
212.2×276.2cm
시카고미술관

괴테를 읽다가,
뜨끔!

오늘 안에 끝내야 할 일이 많을수록, 자꾸 다른 일이 하고 싶어진다. 몇 년을 연락조차 안 했던 친구들이 갑자기 너무 보고 싶고, 극장에는 딱 내 취향의 영화들이 우르르 개봉했고, 모처럼 날씨도 좋아서 밖에만 나가면 천국일 것만 같다. 그런 날에 우연히 집어든 책에서 파란색 볼펜으로 굵게 밑줄 친 문장이 나를 뜨끔하게 만들었다.

"필수적이고 유익한 일에 힘이 미치지 못하는 사람은, 쓸데없고 무익한 일에 몰두하기를 좋아한다."*

뜨끔이 지나고 나니, 웃음이 스윽 번졌다. 원고 마감을 미루고, 해야 할 업무를 피해 다니며 스트레스받았을 괴테가 상상됐다. '인간세계의 대문호인 괴테도 나처럼 평범한 사람이었어.'

---

* 요한 볼프강 폰 괴테, 《괴테의 이탈리아 기행》, 박영구 옮김, 푸른숲, 1998. 괴테가 인용.

모두를 건다는 건
외롭다는 거짓말

사랑에 전부를 걸었던 시절이 있었다. 나의 하루는 온전히 그 사람을 중심으로 돌았고, 전부 그 사람으로 채워졌다. 나는 그 사람을 보기 위해 일어났고, 그 사람과 밥을 먹기 위해 돈을 벌었다. 그 사람을 30분 보기 위해 3시간 차를 타고 간 적도 있었다. 자주 만났고, 금방 밀도 높은 관계가 되었다. 하지만 그 사람은 나를 떠나겠다고 말했다. 나는 어리둥절했고, 우리는 사랑이었냐고 물었다.

"너를 사랑할수록 외로워."

나는 그 말에 사로잡혀 몇 년을 살았다. 호의를 품고 시간을 나눴던 몇몇과는 호감에서 끝났다. 호감의 온도가 뜨거워질라치면, 사랑하면 외롭다는 말이 번쩍였다. 나는 호감과 사랑 사이의 엉거주춤한 상태에서 주지않고 날았다. 사랑할수록 외롭다는 말은 거짓말이었다. 하지만 전부를 걸어 사랑했는데 설령 외롭다면 그것은 사랑의 그림자이자 대가로 기꺼이 치러야 한다는 것을, 몇 번의 헤어짐으로 나는 깨달았다. 대가를 치르지 않는 사랑을 원하면 사랑의 대가인 행복을 갖지 못한다.

사랑은
말보다 행동

동물의 애정 표현은 원초적이라 뜨겁다. 사람은 말과 글 같은 언어가 주 표현 도구라 간접적이라면, 동물은 제 몸이 언어의 전부라 직접적이다. 그것은 거짓이 허용되지 않기에, 동물은 진심일 경우에만 몸과 울음소리로 연인에게 다가가 마음을 표현하고 구애한다. 그들에게 본능만큼 정확한 진심은 없다.

말과 글은 오해를 품고 있으니, 우리도 때론 직접적인 행동으로 사랑을 연인에게 전달해야 한다. 지금의 자신에게 가장 소중한 것을 온전히 내어주는 저 개처럼 말이다.

위험에 따른 보상
칼 라이헤르트 | 1918 | 패널에 유채 | 15×23cm | 개인소장

장국영과
마음의 피곤

〈아비정전〉, 〈영웅본색〉, 〈천녀유혼〉 같은 영화에서 미소년
의 아름다움을 뽐내며, 단숨에 90년대 홍콩 영화계의 슈퍼
스타가 된 장국영. 그는 4월 1일 만우절의 못된 농담처럼 아
주 높은 호텔에서 스스로 뛰어내렸다. 그의 유서에는 "마음
이 피곤해 세상을 사랑할 마음이 없다"고 쓰여 있었다.

'마음이 피곤하다'는 말뜻이 알 듯 모를 듯한데, 어느 블
로거에 따르면 궁지에 몰리다 혹은 시달리다는 뜻의 중국
어 '감정소곤感情所困'을 그렇게 번역했을 거라 추측했다. 마
지막 한자인 '困'은 곤할 곤이다. 글자의 생김새만으로도
'지치다, 괴로움을 겪다'는 뜻이 능히 짐작된다. 나무木는 밖
으로 나가고 싶지만, 햇빛도 바람도 들지 않고 사방이 벽口
이라 어디로도 뻗지 못한다. 세상이라는 네모 칸에 갇힌 나
무의 심정이, 장국영의 마음이었을까.

나는 내 마음이 네모 칸에 갇히지 않도록 조심하며 살고
있다. 시인 이성복의 말처럼, 우리가 병들어 있음을 아는
것이 비록 치유는 아니어도 치유의 첫 단계일 수는 있기에
정신의 아픔을 가벼이 보지 않도록 하자.

오목과 자화상

혼자 오목을 두면, 나는 내 편인 동시에 상대편이다. 내 편이 둘 때는 상대편의 마음을 알고, 상대편으로 둘 때는 내편의 전략을 안다. 공정하게 시작된 게임에서 나는 1인 2역에 서툰 배우처럼, 자꾸만 한쪽으로 마음이 쏠리더니 결국 먼저 둔 쪽을 내 편으로 삼는다. 그러자 혼자 시간을 보내려 시작한 오목이 게임이 되어버렸다. 자꾸 내 편이 유리하게 진행되도록 마음이 기울었다. 혼자 해도 이런데, 상대랑하면 얼마나 지는 게 싫을까. 이겨도 겸손하라는 말의 뜻이 마음으로 느껴졌다.

자화상은 화가가 곧 모델이다. 오목을 두던 나처럼, 화가는 거울에 비친 자신의 단점을 적나라하게 그릴 수 있을까? 어쩌면 자화상은 기법의 숙련도가 아니라, 냉정하게 자신을 타자로 인식할 수 있는 생각이 작품이 완성도를 결정짓지 않을까? 서양 미술사에서 자화상의 대가로 꼽히는 렘브란트와 쿠르베, 빈센트는 무참할 정도로 자신에게 솔직했다. 그래서 그들의 자화상은 화가의 고해성사이자 참회록으로 다가온다. 자화상을 볼 때마다, 나는 오목을 두던 내 마음을 떠올린다.

사도 바울의 모습을 한 자화상
렘브란트 판 레인 ┃ 1661 ┃ 캔버스에 유채 ┃ 91×77cm ┃ 암스테르담 국립미술관

자화상(좌)
빈센트 반 고흐 | 1889 | 캔버스에 유채 | 65×54cm | 파리 오르세미술관
절망에 빠진 사내(우)
귀스타브 쿠르베 | 1843 | 캔버스에 유채 | 45×54cm | 개인 소장

오늘의 말씀

"집은 좁아도 같이 살 수 있지만, 사람 속이 좁으면 같이 못 산다."

백범 김구 선생님의 말씀이다.

식상하지만
의외로 위로가 되어주는 말 1

오늘 하루 쓸데없는 걱정으로 몸과 마음이 상했을 당신에게, 소박한 행복의 나라 티베트에서 전한다.

"걱정을 한다고 걱정이 없어지면, 걱정이 없겠다."

티베트 속담의 가르침대로, 걱정이 우리를 행복으로 데려가지 못한다. 그러니 고민은 하되 걱정은 말자. 어른들이 인생에서 가장 후회하는 일이 걱정하느라 시간을 허비한 것이라고 하니 말이다. 최선의 결과를 기대하되, 최악을 대비하는 마음으로 오늘을 열심히 살면 된다.

오늘의 사치

오늘은 정성 들여 목욕을 하고, 옅은 식물향 향수를 뿌리고, 머리를 꼼꼼하게 빗고, 옷장에서 제일 좋은 옷을 꺼내 입고, 잘 닦은 구두를 신고, 집을 나선다. 그리고 아주 비싼 커피를 마시러 간다. 웨이터의 안내에 따라 자리에 앉아 주문을 하고 기다린다. 커피를 가져오는 발걸음보다 향이 먼저 내 테이블에 날아들고 커피가 내 앞에 도착하면, 미지근한 물을 두 모금 정도 마신다. 물로 입안을 정돈하고 힘껏 커피 향을 들이마시고, 정갈한 잔에 담긴 커피를 한 모금 마신다. 고급의 맛은 부드럽고 무엇도 걸리는 것이 없다. 마치 내 몸의 일부였던 것과 재회하는 듯 자연스럽다.

커피 한 잔이래 봐야 몇 모금 되지 않지만, 그것만으로도 내 몸 안에는 커피의 향과 맛이 가득하다. 그 여운을 말끔하게 누린 다음, 일상으로 돌아온다.

애프터눈 티
힐다 피어론 | 1917 | 캔버스에 유채 | 43×59cm | 개인 소장

알면 마음이 간다

오늘은 내가 태어난 날의 신문을 찾아본다. 내가 아끼는 사
람들이 태어난 날의 신문들도 찾아 읽는다. '아, 이런 일들
이 있었을 때, 내가(혹은 그들이) 태어났구나.' 그런 생각을
하면 신문 속의 작은 사건들, 광고들조차도 남의 일 같지가
않다. 알면 마음이 간다. 모르면 무관심해진다. 마음은 나
와 어떤 관계인가에 따라 달라진다. 내가 나를 알수록 내게
마음이 가는 이유도 이와 같다.

마음껏
변덕을 부리자

변덕을 부려야 현대인이다. 어느 하나에 마음을 고정하고 차분하게 집중하는 것은 시대에 맞지 않는다. 지금 하고 싶은 것을 두 시간 후에 하면 참된 현대인이 아니다. 두 시간 후에는 다른 것을 원해야 한다. 마치 발이 땅에 닿으면 죽는 새처럼, 우리 마음은 머무르지 않고 끊임없이 이동한다.

모든 곳의 모든 것이 급변하는 요즘, 그 변화의 속도를 맞추려는 우리 마음의 작용이 변덕이다. 즉 우리는 변덕을 부리며 스트레스를 풀고 있는 셈이다. 그러니 때로는 변덕을 마음껏 부리자.

나의 영양제는
혼자 있는 시간

혼자 있는 시간은 지친 내 마음에 영양을 보충해주는 시간
이자 반복되는 일상에서 살짝 비켜나는 시간이다. 요즘의
내게 독서는 비타민, 음악은 마그네슘, 식물 가꾸기는 철분
이다. 페이스북과 인스타그램 같은 소셜미디어는 이런 영
양제를 더 맛있게 섭취하게 만드는 조미료? 그래서 과다
사용하면 역효과니 조심!

엽서를 쓰는 모델
칼 라르손 | 1906 | 수채화 | 68×100cm | 스톡홀름 티엘스카갤러리

고난은
너나 가지세요

공자와 예수 같은 아주 위대한 인물들은 모두 고난을 겪었
다. 그들이 대단해서 당대와 불화하여 고난을 겪었는지, 고
난을 겪으면서 대단해졌는지를 곰곰이 생각해봤다.

공자의 제자들이 쓰고 했던 말을 묶은 《논어》에 "훌륭한
사람만이 어렵고 가난한 시절을 이길 수 있다"는 말이 있
다. 훌륭해서 고난의 시절을 이겼는지, 고통을 견디며 훌륭
해졌는지 분간하기 어려웠다. 훌륭하고 대단한 사람이 되
지 않아도 좋으니, 어렵고 가난한 시절을 겪지 말자가 나의
결론이다.

Part 2

너무 사소해서
잊어버린 장면들

사소한 것이 좋다. 거대한 것들은 밀어내고 작은 것들을 가까이 당겨둔다.
오늘은 인간, 역사, 세계에 관계된 질문은 잊고,
평소에는 그냥 지나쳤던, 관심을 가지지 않았던 것들을 꺼내본다.

달 력 숫 자 색 의 비 밀

"그런데 외삼촌, 왜 달력에 평일은 까만색이야?"

평일은 일하는 날이니까, 사람들 마음이 까매져서.

"일요일은 왜 빨개?"

노는 날은 마음이 불타오르니까.

"치……."

식상하지만
의외로 위로가 되어주는 말 2

오늘 사소한 실패를 겪은 당신에게 윈스턴 처칠이 말한다.

"성공이란 열정을 잃지 않고, 실패에서 실패로 건너가는 것이다."

실패하면서도 계속 그 일을 한다면, 그 일을 몹시도 좋아하기 때문일 것이다. 그런 일을 찾아서 하는 자체가 이미 성공이다. 너무 잘하려고 하지 않아도 된다.

사소한
〈아스파라거스〉

사소한 것이 좋다. 거대한 것들은 밀어내고 작은 것들을 가까이 당겨둔다. 오늘은 인간, 역사, 세계에 관계된 질문은 잊고, 평소에는 그냥 지나쳤던, 관심을 가지지 않았던 것들을 꺼내본다. 서양 미술의 근대를 시작했다는 마네는 800프랑을 받기로 하고 한 묶음의 아스파라거스를 유화로 그려서 보냈다. 구매자인 친구는 그림이 마음에 들었는지 1,000프랑을 그림값으로 치렀다. 고맙다며 지나갔으면 될 일인데, 아스파라거스 한 개가 떨어져 있었다며 마네는 한 점을 더 그려서 보냈다. 그걸 받고 호탕하게 웃었을 친구가 눈에 선하다.

두 〈아스파라거스〉가 각기 다른 나라의 미술관에 소장되어 있는 것이 안타깝기도 하고, 재미있기도 하다. '〈풀밭 위의 점심〉이나 〈올랭피아〉로 미술사를 혁신적으로 바꾼 화가'로 소개되면 마네는 뭔가 멀리 있는 사람 같지만, 〈아스파라거스〉를 통해 본 마네는 장난기 많은 동네 아저씨 같다. 아주 사소한 〈아스파라거스〉, 하지만 아주 친밀하고 다정한 〈아스파라거스〉.

아스파라거스(위)
마네 | 1880 | 캔버스에 유채 | 46×55cm | 쾰른 발라프리하르츠미술관

아스파라거스(아래)
마네 | 1880 | 캔버스에 유채 | 16×21cm | 파리 오르세미술관

마트료시카와 체셔 고양이

러시아 여행을 다녀온 지인이 달걀 정도 크기의 마트료시카Matryoshka를 선물로 줬다. 러시아의 여자아이 이름 마트료나에서 유래한 마트료시카는 엄마가 아이를 품은 듯, 인형 안에 인형이 들어 있다. 그래서 끝없는 행운과 영원한 사랑, 다산과 풍요를 뜻한다.

책장 앞에 두고 가끔 하나씩 차례로 꺼내놨다가 다시 차례대로 집어넣곤 했다. 커다란 인형 안에 그보다 조금 작은 인형이 들어 있는 그 겹침이 신기하고 재미있었다. 왜 재미있을까? 땅콩 껍질을 벗기면 알맹이가 나오고, 박스를 뜯으면 내용물이 나온다는 편견을 마트료시카가 깼기 때문이 아닐까? 혹시 이것은 껍질 없는 알맹이 혹은 알맹이 없는 껍질? 그렇다면 본질은 알맹이나 껍질이 아니라, 겹쳐 있는 상태일까? 그것은《이상한 나라의 앨리스》에 등장하는 나뭇가지 위의 체셔 고양이Cheshire cat와 같다. 체셔 고양이의 몸은 사라져도 그의 웃음은 한동안 허공에 잔상처럼 떠 있다. 마치 고양이의 본질은 몸이 아니라, 그 사라져가는 웃음인 듯 말이다.

《이상한 나라의 앨리스》에 등장하는 체셔 고양이 삽화
존 테니얼 | 1865

신봉선의
기막힌 연애 조언

"더 이상 지금의 연인에게 설레지 않는다면, 커피를 진하게 마셔라. 심장이 뛰면서 가슴이 설렐 것이다."

비둘기와
파리 사람들의 의리

거리에 비둘기가 있으면 사람들은 피한다. 비둘기의 천국인 파리에서도 먹이를 주는 행위는 금지되어 있다. 도시 안전과 환경 문제로 개체수가 과도하게 늘어나는 일을 막으려는 고육지책일 것이다. 위반하면 벌금을 무는데, 실제로 그런 일이 많을지는 의문이다. 원래 비둘기는 자연에서 잘 살다가 인간이 도시를 지으면서 어느 날 제 터전을 빼앗긴 셈이니, 나는 비둘기를 보면 좀 미안한 마음이 든다.

"비둘기들을 잡아서 요리하면 될 텐데……."

미식가답게 프랑스 친구의 해결 방안은 요리였다. 옆에서 각종 레시피를 나열하는데, 그 모습이 너무 진지해서 웃음이 나왔다. 프랑스 혁명사를 공부하다가 비둘기에 관련된 중요한 사실을 우연히 알게 됐다. 1870년에 일어난 프로이센과 프랑스의 전쟁에서 프랑스가 패했고, 종전 협상의 굴욕적인 결과에 불만을 품은 파리 시민들은 결사항전을 주장했다. 이에 프로이센군이 파리를 봉쇄하자, 시민들은 하늘을 통해서만 외부와 소통할 수 있었다. 이때 비둘기들의 활약은 눈부셨다.

비둘기 여행자
피에르 퓌비 드 샤반 | 1871 | 캔버스에 유채 | 136.7×86.5cm | 파리 오르세미술관

고대부터 훌륭한 우체부였던 비둘기들은 프로이센에서 풀어놓은 매들을 피해 군작전 문서나 개인적인 서신들을 파리를 넘어 목적지로 무사히 전달했다. 그래서 봉쇄된 파리 시민들에게 비둘기는 자유와 희망의 상징이 되었고, 그들과 매의 대립을 이용한 연극과 그림까지 나왔다. 겨울이 다가오고 음식이 부족해졌지만, 파리 시민들은 고양이와 개, 심지어 쥐는 잡아 먹어도, 비둘기는 절대 먹지 않았다. 비둘기에 대한 의리이자 감사의 표시였다. 지금 파리 길거리에 무리지어 다니는 비둘기들이 한때는 파리 시민들의 행복을 책임졌던 전령사의 후손인 셈이다.

노는 게 제일 좋아

노느니 책이라도 읽어라. 노노, 노느니 놀아. 우리에게는 아무것도 하지 않는 시간이 필요하다. 사람과 사람 사이의 틈이 있어야 잘 지낼 수 있듯이, 내가 내 안의 여러 나와 잘 지내려면 혼자 있는 시간이 필요하다.

"삶은 재미있는 게 아니야. 가끔 재미있는 순간이 있을 뿐 하루하루 근근이 사는 거지."

고등학교 친구의 말에 웃었다. 그를 알고 지낸 시간이 모르고 지낸 시간보다 길게 된 지가 몇 년이다. 전화로 독백하듯 내게 해준 그 말들 사이로 몇 번의 담배 연기가 뱉어졌다. 멀리서 강의하고 밤 11시 즈음에 집으로 돌아오던 그날 밤, 그 말이 참 따스했다. 태어나고 싶어서 태어난 것도 아닌데, 죽을 만큼 고생하며 살지는 말자던 그의 말에 나는 "노는 게 제일 좋아. 친구들 모여라. 언제나 즐거워. 개구쟁이 뽀로로~~"를 불러줬다. 둘이 미친 듯이 웃었고, 노래를 흥얼거리며 집으로 걸어왔다.

여름 바캉스의 로망

세관 공무원으로 일하며 독학으로 그림을 그렸던 앙리 루소는 환상적인 열대 풍경으로 일약 스타가 되었다. 그의 대표작 〈꿈〉에는 저 멀리 보름달이 떠 있고, 초록의 풀들과 옥색의 꽃, 주황빛 열대 과일들이 가득하다. 숨 쉴 틈 없이 빽빽하게 식물들이 엉켜 있는 밀림에서 한 여인이 금색 피리를 불고 있다. 동그랗게 눈을 뜬 사자와 코끼리, 노란 날개를 펼친 이름 모를 새, 그리고 소파에 앉아 있는 여인이 그 소리에 취한 듯 보인다. 말로는 온전히 설명할 수 없는 미묘함과 꿈꾸는 듯 환상이 가득하다. 피카소와 많은 평론가가 이 작품을 격찬했는데, 원시림 한가운데에서 어떻게 여인이 소파에 앉아 있을 수 있는지 당황해하는 사람들에게 루소가 말했다.

"소파 위에서 잠들어 있던 여인은 밀림 속으로 운반되어 땅꾼의 피리 소리를 들으며 꿈을 꾸는 중이오."

도시의 작은 방에서 잠들었는데, 깨어보니 열대림? 도시에 사는 우리의 여름 바캉스의 로망도 이와 같지 않을까?

꿈
앙리 루소 ㅣ 1910 ㅣ 캔버스에 유채 ㅣ 204.5×298.5cm ㅣ 뉴욕 현대미술관

레오나르도 다빈치의 달

레오나르도 다빈치는 수첩에 썼다.

"야무지고 묵직한 달……. 달은 잘 지내고 있는지."

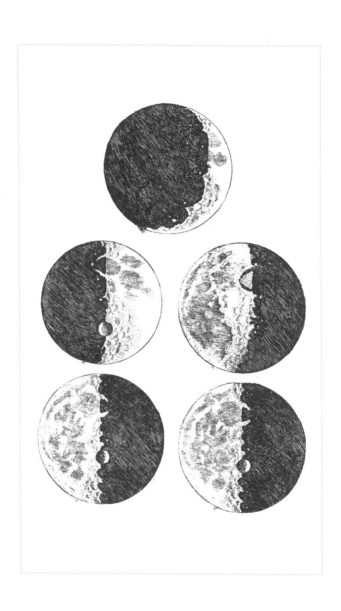

갈릴레오의 달 스케치
갈릴레오 갈릴레이 | 1610 | 피렌체 국립도서관

부모님의 젊은 시절과 만나는
타임머신

처음 오디오 시스템을 갖출 때, 친구가 추천해준 빈티지 오디오와 스피커를 선택했다. 소리의 결에 익숙해질 무렵, 다른 기기로 바꾸고 싶어졌다. 한번 빠지면 패가망신한다는 '오디오 탐닉병'이 들려던 찰나였다. 여러 후보를 두고 고민하던 중, 기계에도 마음이 있는지 내가 괘씸하다는 듯 갑자기 지지직 잡음을 쏟아냈다. 문제를 해결하려고 스피커를 살펴보니, 생산 연도가 내가 태어나기 10여 년 전이었다. 이스피커는 내 부모님이 20대 무렵 만들어졌고, 청춘의 그들이 들었을 소리의 결을 내게 들려주는 셈이었다.

친구가 알려준 대로 하니 잡음은 말끔히 사라졌다. 라디오를 켜서 주파수를 돌리는데, 아버지가 노래방에 가시면 즐겨 부르는 노래가 나왔다. '아, 내 아버지는 이 노래를 이런 소리로 들었겠구나.' 반가우면서도 묘한 기분이 들었다. 소리도 색과 같아서 시간이 가면 바래기 마련이지만, 같은 음악을 내 젊은 시절의 아버지와 함께 듣는 기분이었다. 빈티지 오디오 덕분에 시간여행을 했다. 멀리 사시는 아버지가 가깝게 느껴졌다. 물론, 오늘도 나는 그 스피커로 음악을 듣고 있다.

모네와 르누아르,
당신의 선택은?

'잠든 연꽃'이라는 뜻의 수련. 이름은 평온하지만 클로드 모네의 〈수련〉은 색채의 움직임으로 분주하다. 언뜻 스치는 모순이 모네가 이 그림을 그리던 당시의 상황이었다. 사랑했던 부인과 큰아들이 차례로 죽고, 빛과 색에 탐닉한 결과였는지 눈은 백내장으로 회복 불가능한 지경이었다. 미루고 미루다 하게 된 수술은 실패했다. 유명한 의사가 맞춰준 안경도 그리 효과를 보지 못했다. 이런 악조건 속에서도 모네는 생애 후반 30여 년 동안 250여 점의 수련을 그렸다. 역시 명작은 대가를 치르고서야 얻어지는 것일까?

즐거움으로 깊어지는 작품도 있다. 모네의 친구이자 동료 화가인 오귀스트 르누아르는 가난했지만 그림은 언제나 밝았다. 살아가는 일이 불행한데, 굳이 그림까지 불행을 그릴 필요가 없다고 그는 믿었기 때문이다. 밝고 행복하여 가벼워 보이는 일상의 소중한 가치가 르누아르의 그림에 담겨 있다. 좋은 작품이 무거울 수는 있지만, 무겁다고 좋은 작품은 아니다.

시골에서의 춤(좌)
오귀스트 르누아르 ┃ 1883 ┃ 캔버스에 유채 ┃ 180×90cm ┃ 파리 오르세미술관

도시에서의 춤(우)
오귀스트 르누아르 ┃ 1883 ┃ 캔버스에 유채 ┃ 180×90cm ┃ 파리 오르세미술관

수련
클로드 모네 | 1906 | 캔버스에 유채 | 73×92.5cm | 오카야마 오하라미술관

등산과 독서,
땀 흘리는 건 매한가지

"주말에 등산이나 가자."

등산을 한 적이 없지만, 선뜻 따라나섰다. 높지 않은 산인데도 꽤 힘들었다. 평소에 쓰지 않던 근육들이 갑자기 놀라서 아우성쳤다. 그만 내려가고 싶을 때마다 친구는 정상에서 보이는 풍경의 아름다움으로 유혹했다. 한참을 걷다 보니, 머릿속 잡스러운 생각들이 서서히 밀려 나가고 오로지 정상에 올라가야겠다는 생각만 가득했다. 그렇게 부지런히 걷고 걸어서 정상에 도착했다. 바람이 불어와 땀에 젖은 목과 등을 시원하게 말려주고, 발아래로 펼쳐지는 탁 트인 풍경에 몸과 마음이 가벼워졌다.

등산은 몸으로 했는데 정신이 맑아졌다. 등산을 하면 노폐물이 땀으로 배출되어 몸이 가벼워지듯이 책을 읽으면 편견과 무지가 조금은 씻겨 나가니, 독서는 마음의 등산이 아닐까?

숲속의 레오 톨스토이
일리야 레핀 ┃ 1891 ┃ 캔버스에 유채 ┃ 60×50cm ┃ 모스크바 트레차코프미술관

내 어린 시절의 치타

일곱 살 무렵, 나는 처음으로 개를 길렀다. 근처 과수원집에서 분양받은 셰퍼드종으로, 이름은 치타였다. '동물의 왕국'에서 가장 빠른 동물이 치타라고 들었던 기억에 그렇게 이름을 붙였다. 치타가 처음 우리 집에 온 날이 지금도 선명하다. 검은색 몸통에 쫑긋 선 귀, 몸집은 나보다 작아도 날카로운 눈빛이 무서웠다. 우리 집에 온 첫날 밤에 치타는 컹컹 우우웅 컹컹 하고 하염없이 짖었다. 마당에 묶인 치타가 우리 집을 지키는 것이라고 방 안에 누워 나는 생각했다. 하지만 아무런 발소리가 나지 않아도 치타는 계속 저 멀리를 향해 컹컹 우우웅 컹컹 하는 울음과 짖음이 엉키고 섞인 소리를 냈다. 과수원 언덕에 있는 어미를 향해 짖는 것이라고 아버지는 말했다. 나는 치타가 도망가면 어쩌나 걱정이 들면서도 괜히 미안했다.

다음 날 아침 일어나자마자 마당의 치타집을 살폈다. 밥은 그대로였고, 나를 보더니 혓바닥을 내밀어 손을 핥았다. 물컹하고 따뜻했으며, 두렵고 기분 좋았다. 나는 치타를 묶어둔 목줄을 풀었다. 치타는 풀려도 묶인 듯 가만히 있더니 아버지의 인기척에 놀란 듯 벌떡 일어서서 집 밖으로 뛰쳐

나갔다. 치타는 한걸음에 제 어미가 살고 있는 과수원으로
달려갔다. 그 모습이 사진처럼 내 기억 속에 찍혀 있다. 유
학을 가고 혼자 살면서, 엄마가 보고 싶으면 치타의 뒷모습
을 떠올렸다.

엄마
가장 먼저 일어나
가장 늦게 잠드는
엄마

화가 어머니의 괴로움

회색 벽에는 검은색 액자가 걸려 있다. 바탕지는 흰색이고 그림은 회색에 가깝다. 그 앞에 화가의 어머니가 검정 원피스를 입고 하얀 레이스가 달린 모자를 쓴 채 손수건을 쥐고 앉아 있다. 회색과 검은색, 흰색은 커튼에서도 반복된다. 색과 구도의 완벽한 조화, 그로써 노년을 보내는 여인의 내면이 저 무채색과 닮은 듯 쓸쓸하고, 차분하고, 외롭다. 하지만 여기서 화가의 어머니는 채색의 대상일 뿐이다. 화가 휘슬러의 관심은 어머니보다는 색채에 있다. 어머니 초상화라기보다는 색채의 초상화다. 화가 아들의 이런 의도를 어머니는 알았을까? 알았더라도, 어머니는 좋아하셨을 것 같다. 엄마는 아들의 가장 열렬한 첫 번째 팬이기 마련이니까.

회색과 검정의 배열 (화가의 어머니 1804-1881)
제임스 휘슬러 | 1871 | 캔버스에 유채 | 144.3×162.5cm
파리 오르세미술관

화가 부인의 괴로움

세잔은 부인과 아이의 존재를 오랫동안 철저히 숨겼다. 제 아비에게 돈을 타 쓰던 우유부단한 그는 신붓감으로 적당하지 않은 여인과 사생아를 낳은 사실을 들키면, 돈을 타 내지 못하리라 생각했다. 하루 종일 관찰하고 느리게 그리고 팔리지 않는 그림을 쌓아가는 남편을 보며 세잔 부인은 무슨 생각을 했을까. 예술가보다 예술가 부인으로 살기가 더 어렵다. 그의 꺾인 고개와 몽롱한 눈빛에서 슬픔을, 빨간 볼과 입술에서 청춘을, 목까지 단추를 채운 줄무늬 푸른 블라우스에서 우울함을 느낀다.

숨겨진 여자로 살았던 그의 눈빛이 오래도록 기억에 남는다. 내 가까이 있는, 내가 마음으로 아끼는 이들이 저런 눈빛이면, 이유는 묻지 않고 맛있는 고급 요리를 사줘야겠다는 다짐을 한다.

세잔 부인의 초상
폴 세잔 ┃ 1892 ┃ 캔버스에 유채 ┃ 61.9×51.1cm ┃ 필라델피아미술관

화가 친구의 괴로움

소설가 에밀 졸라는 비교적 일찍 마네의 혁신적인 화풍을 이해했고, 언론에 호의적인 내용의 비평을 썼다. 그렇게 뜻이 통한 둘은 친구가 되었고, 마네는 졸라의 초상화를 그렸다. 당연히 이 그림은 철저히 마네 스타일로 그려졌다. 이 말인즉슨, 그림이란 무릇 색채를 통한 감각적 즐거움이라고 믿은 마네가 졸라를 중앙에 커다랗게 그리긴 했지만, 모델에 대한 어떤 해석도 느껴지지 않는다. 따라서 이것은 '에밀 졸라의 초상화'가 아니라 '남자가 앉아 있는 정물화'인 셈이다.

에밀 졸라의 초상
에두아르 마네 | 1868 | 캔버스에 유채 | 146.5×114cm | 파리 오르세미술관

짬짜면의 섭섭함!

중국집에 가려고 결심하는 순간부터, 짜장면과 짬뽕이 머릿속에서 다툰다. 그렇다고 둘이 반반 담겨 나오는 짬짜면을 선택할 수는 없다. 짜장과 짬뽕 사이의 갈등을, 단순히 둘 다 먹고 싶어서라고 해버리면 섭섭하다. 짜장면 한 그릇을 먹은 후에 짬뽕을 한두 젓가락 먹고 싶고, 짬뽕 한 그릇을 먹기 전이나 후에 입가심으로 짜장면 한 젓가락을 먹고 싶기 때문이다. 이런 오묘한 마음을 짬짜면은 알아주지 못하는 기분이다. 그래서 중국집에는 여럿이 함께 가야 좋다.

정갈과 다정

모든 것이 제자리에 있다는 느낌을 주는 장소가 있다. 처음 갔지만 안정감이 가득한 곳에서는 주인이 궁금해진다. 하릴없이 주인이 누구냐고 눈으로, 말로 물어보고 장소와 사람의 연관성을 나름대로 이어본다.

피렌체에서 우연히 들어간 카페가 참 정갈했다. 오래되어 약간 낡은 듯했지만 초라하지 않고 기품 있었다. 초로의 할아버지가 주인인 듯했는데, 얼굴은 평범했으나 머리카락 한 올도 따로 놀지 않고 말끔하게 빗어 넘겼다. 자신의 몸을 정돈하듯 이곳을 오랫동안 관리하였을 것이다. 커피도 투명할 정도로 맑았다. 그 정갈함이 다정했다. 어쩐지 '마음으로 내어주는 커피'라는 식상한 문구가 진심으로 느껴졌다.

라틴어에서
진실의 반대말은?

라틴어에서 진실의 반대말은 거짓이 아니다. 망각이다. 진
실은 시간의 흐름에 사그라지거나 부서져서 망각되지 않
는 것이다. 그런 맥락에서 '늦음'의 반대말은 빠름이 아니
라, '간절'이 아닐까. 어떤 일을 적절한 순간에 하지 못함은
그만큼 내가 간절하지 않기 때문일 테니…….

두 번은 없다.
지금도 그렇고
앞으로도 그럴 것이다.
그러므로 우리는
아무런 연습 없이 태어나서
아무런 훈련 없이 죽는다.

우리가, 세상이란 이름의 학교에서
가장 바보 같은 학생일지라도
여름에도 겨울에도
낙제란 없는 법

(…)

힘겨운 나날들, 무엇 때문에 너는
쓸데없는 불안으로 두려워하는가.
너는 존재한다 – 그러므로 사라질 것이다.
너는 사라진다 – 그러므로 아름답다.

미소 짓고, 어깨동무하며
우리 함께 일치점을 찾아보자.
비록 우리가 두 개의 투명한 물방울처럼
서로 다를지라도……. *

---

* 비스와바 쉼보르스카, 〈두 번은 없다〉, 《끝과 시작》, 문학과지성사, 2016.

아저씨, 마음껏 달려요

주말에 일하면 월요일 오후에는 스스로에게 반차를 허락한다. 그런 날에는 지하철보다 버스를 탄다. 운전기사와 대각선인 창가 맨 앞자리에 앉는다. 점심시간이 지난 한낮의 시내버스에는 사람이 별로 없고, 열어놓은 창문으로 초가을의 약간 차가운 공기가 화창한 빛과 더불어 들어온다. 앞창이 커서 둥둥 떠다니는 기분이 들고, 마치 소풍 가는 어린이가 된 듯하다. 하원하는 유치원생이나 하교하는 초중학생들이 타면 더욱 그러하다. 특히 굽이굽이 골목길을 돌아 나와 한강을 건너거나, 강변을 따라 달리면 기분이 좋아진다. 이 길이 끝나지 않았으면 좋겠다.

가다 서다를 반복하며 좁고 굽은 길들을 통과하여 선물처럼 뻗은 직선의 도로를 달리면, 기사님들의 해방감 같은 것이 내게 전해지는 듯하다. 그럴 때는 버스 기사님들을 응원하게 된다. '마음껏 달리세요. 승객을 태우고 가지만, 혼자 드라이브하는 기분을 내보세요.' 그러면 기어를 바꿀 때 버스 차체의 미묘한 덜컹거림도 경쾌하다.

Part 3

혼자 알게 된
삶의 비밀들

눈에 보이지 않지만 분명히 사막 어딘가에 있을 오아시스가
사막을 아름답게 만든 것이다. 어른이 어른다울 수 있는 것은 분명
그 안에 어린이가 있기 때문이다. 모든 어른도, 아주 오랫동안 아이였다.

즐길 수 없다면 피하라

'피할 수 없다면 즐겨라'라고 말하는 사람들은 어떻게 즐기는지 그 방법을 알려주시기 바란다. 죽도록 하기 싫은 일도 즐길 수 있는 비법을 구체적으로 밝혀주셔야 한다.

오랫동안 나도 저 말을 믿었고, 해보려고 했다. 애초에 즐길 수 없으니 피하려는 것인데, 있는 힘 없는 힘을 끌어모아야 겨우 해낼 수 있는 일을 즐기라고? 나는 번번이 실패했고, 정말 그 비법이 궁금했다. 하지만 당시의 나는 삼겹살을 구우면서 벌건 얼굴로 그런 말을 열변하시는 어른들께 감히 물어보지 못했다. 괜히 질문했다가는 그분들의 길고 긴 경험담이 지루하게 이어질까 두려웠기 때문이다. 그래도 그때 그 비법을 물었어야 했다. 왜냐하면 그것은 오늘도 피하지 못해 고통받았을 수많은 현대인을 구할 인생의 기술이기 때문이다. 우리는 피할 만큼 싫은 일조차도 즐길 수 있는 용자勇者가 아니다. 즐길 수 없다면 재빨리 피하자.

예민과 예리,
섬세와 세심

오늘은 남의 동네 카페에 혼자 놀러 와서, 언뜻 보면 비슷하나 자세히 보면 뜻이 다른 단어들을 내 마음대로 분류해 봤다.

예민은 외부에서 내게 오는 자극에 대한 작용이다. 예리는 관찰자로서 내가 세상과 사람의 속내를 파악하는 날카로움이다. 예민이 외부에 대한 내부의 수동적 반응이라면, 예리는 능동적 시선이라는 점이 다르다. 하지만 둘 다 온기를 품지 못하면 공격성이 도드라져서 말과 행동이 무기가 될 가능성이 크다.

섬세와 세심은 이와 다르다. 섬세는 예리와 같이 날카롭지만 그 시선에 온기를 품고 있고, 어떤 판단을 내려야 할 때 상대의 처지에 대한 공감이 있어서 자신이 피해를 보더라도 상대에게는 폐를 끼치지 않으려 한다. 세심은 섬세가 발현될 때 상대에게 전달되는 감정이다.

예술 작품을 가까이 두고 나를 비추고 스스로를 돌아보면서 얻게 된 예리한 시선으로 세상을 살다 보면, 나는 섬세하고 세심한 사람으로 변화될 수 있지 않을까? 어른이 된다는 것은, 제 나이에 맞게 세상을 보고 행동하는 태도를 갖추는 것이다.

예리하게 세상을 보고 예민하게 느끼되 상대를 따뜻하게, 즉 '섬세하게 느끼고 세심하게 반응하는'을 내 삶의 태도로 삼고 있다. 빈센트 반 고흐의 자화상을 바라보고 새끼손가락을 꼬집으며 그것을 되새긴다.

자화상
빈센트 반 고흐 | 1887 | 판지에 유채 | 41×33cm | 암스테르담 반 고흐미술관

마음에도
다이어트가 필요하다

작심삼일을 시작하자. 딱, 3일이다. 마음에도 관성이 있어서 하던 대로 하려고 한다. 그걸 한번에 바꿀 수 없다. 그래서 3일 하다가 며칠 쉬고, 다시 작심삼일을 하자. 마음을 먹고 몸을 움직이는 것은 몹시 어려운 일이다. 그렇게 '한번 시작하면 끝까지 해야지'를 당연하다고 믿었다면, '그런 사람은 정말 대단해'로 한 단계 높여서 생각하자. 그래서 작심이 3일에 끝나면 '이것이 평균'으로 받아들일 수 있다.

우리는 스스로에 대한 기대치를 너무 높게 잡고 있다. 마음에도 다이어트가 필요하다. 그래서 자신에 대한 기대치를 평범한 우리에게 맞춘다면, 타인에 대한 우리 기대도 적절한 수준으로 조절될 것이다. 그러면 인간관계로 힘들어하는 경우가 많이 줄어든다.

어린 왕자보다
비행사에게 마음이 쓰인다

성경보다 많은 언어로 번역된 유일한 책은 앙투안 드 생텍쥐페리의 《어린 왕자》다. 어른을 위한 동화이자 현대인의 철학서로도 손색없다. 나는 이 책을 제목으로만 알고 있다가 파리로 유학 가서 프랑스어 공부를 위해 처음 읽었다. 한 줄을 이해하려고 사전을 여러 번 뒤적이며 읽어서인지, 페이지를 넘길수록 앞의 내용은 흐릿해졌다. 사막여우와 장미 등 몇몇 에피소드는 귀엽기도 했지만 안쓰러웠다. 그 책을 읽었단 기억만 있고 내용은 까마득해졌을 무렵, 《유럽 장인들의 아틀리에》에 실을 사진을 촬영하러 다니다가 생텍쥐페리의 조카뻘 되는 알랭을 만났다. 그는 옛 자물쇠와 열쇠를 만드는 장인이라서 생텍쥐페리 가문의 성(우리로 치면 종갓집)에서 살고 있었다. 그는 생텍쥐페리 가문의 남자들은 조종사가 많다면서 본인이 만든 헬기를 보여줬다. 하얀 헬기 몸체에는 《어린 왕자》의 삽화가 그려져 있었다.

파리로 돌아와 《어린 왕자》를 책꽂이에서 꺼냈다. 30대에 읽으니, 왕자보다 비행사에게 마음이 쓰였다. 내 나이가 아무래도 그쪽에 가까웠기 때문인 듯싶다. 사막에 불시착한 그의 절박한 심정이 어린 왕자라는 신기루를 만들어냈던 것 아닐까? 어른도 그 안에 어린이를 데리고 있다. 누구는 기쁠 때, 누구는 슬플 때, 누구는 걱정이 많을 때, 누구는 자랑하고 싶은 일이 있을 때 우리 안의 어린이가 통통 튀어오른다.

"사막이 아름다운 것은 그것이 어딘가에 샘을 감추고 있기 때문이지……." 어린 왕자가 말했다.*

사막여우는 어린 왕자에게 가장 중요한 것은 눈에 보이지 않으며, 오로지 마음으로만 보아야 잘 보인다고 했다. 어린 왕자는 그 말에 크게 깨닫는다. 사막의 아름다움은 모래언덕과 하늘이 만들어내는 풍경에 기대지 않는다. 눈에 보이지 않지만 분명히 사막 어딘가에 있을 오아시스가 사막을 아름답게 만든 것이다. 어른이 어른다울 수 있는 것은 분명 그 안에 어린이가 있기 때문이다. 모든 어른도, 아주 오랫동안 아이였다.

---

* 앙투안 드 생텍쥐페리, 《어린 왕자》, 전성자 옮김, 문예출판사, 2007.

《어린 왕자》에 등장하는 어린 왕자 삽화
생텍쥐페리 ㅣ 1943

태도가 좋은 사람이,
좋아요

일을 대하는 태도가 능력보다 중요할 때가 많다. 성실하고 정직하면 함께 일하기 좋다. 마음의 상처는 주어진 일의 크기나 어려움보다, 동료들에게서 받게 마련이기 때문이다. 성실하고 정직한 동료는 '모든 것을 일해서 얻는다'는 태도를 갖고 있어서 뒤통수치지 않는다. 반면에 자신의 노력과 노동보다 큰 대가를 바라는 공짜 심리를 가진 동료는 상대에게 상처를 준다.

동료는 네 가지 유형으로 분류된다. 착하고 일 잘하는 사람(걔는 정말 최고지), 성격은 못됐지만 일 잘하는 사람(싸가지 없어도 일은 잘해), 성격도 별로고 일도 못하는 사람(괜찮아, 혼자 2인분 하면 돼), 착한데 일을 못하는 사람이다. 마지막이 어쩌면 최악의 동료다. 함께 일하면 몸과 마음이 다 피곤하니 말이다.

대패질하는 사람들
귀스타브 카유보트 ㅣ 1875 ㅣ 캔버스에 유채 ㅣ 102×147cm ㅣ 파리 오르세미술관

충고는 고기로

유학을 끝내고 서울에 오니 30대 중후반이 되었다. 함께 일하는 사람들은 대부분 나보다 어렸다. 그래서인지 내게 조언을 구하는 경우가 가끔 있었다. 대학생들은 졸업하고 뭘 해야 할지 모르겠고, 사회 초년생들은 계속 이 일을 해야 할지 모르겠다고 했다. 그 나이의 나도 그랬었는데, 청춘들의 고민은 시대가 변해도 대체로 비슷한 편이구나 생각하며 그들 이야기를 들었다. 열띤 이야기를 나눈 후, 집으로 돌아가는 길이 가끔 불편했다. 내가 그들에게 인생이 어떻고 살아가는 일이 어떻다는 등의 말을 할 자격이 있을까? 혹시 그들이 중요한 결정을 내릴 때 내 말에 영향을 받으면 어쩌나? 내가 했던 말을 곱씹을수록 하지 말 걸 싶은 말이 더 많았다. 그래서 다음엔 공기 중에 사라져버릴 말 대신 몸에 차곡차곡 쌓일 고기를 사주기로 다짐했다.

충고는 충고하는 사람의 고백이다. 상대에게 그 사안에 대해 자신의 생각과 의견을 전하는 것이 충고다. 상대가 자신의 의견대로 하길 원하고 그렇게 몰아간다면, 그것은 간섭이다. 충고와 간섭은 한끗 차이다. 충고는 하되, 간섭은 하지 말아야 한다.

식상하지만
의외로 위로가 되어주는 말 3

오늘도 '오케이 오케이'를 외치며 자신을 혹사한 사람들에게, 전직 권투선수 김 관장이 전한다.

"아임 오케이를 외치다가, 케이오KO당한다. 안 된다 싶으면, 바로 포기해라. 그게 진정한 용기다."

나보다 잘난 사람이 부럽긴 하지.
그래서 뭐?

성장과 성숙은 다르다. 무엇을 할 줄 아는지를 찾는 과정이 성장이라면, 성숙은 내가 하지 못하는 일을 인정하는 힘이다. 아무리 성장을 계속해도 성숙한 사람이 되지 못할 수도 있는 이유다.

한때 나는 피아노를 연주하며 살고 싶었다. 마음만큼 연주 실력은 늘지 않았다. 같이 연습하는 동료와 유명 피아니스트들을 시기하고 질투했다. 피아노를 할수록, 음악을 향한 마음이 어지러워졌다. 피아노를 포기하니, 음악이 편안하게 들렸다. 경쟁하는 마음이 없어지니 잘 치는 사람을 잘 친다고 솔직히 인정할 수 있었다. 부러움을 부러운 대로 긍정하고, 상대를 향해 '좋겠다'고 덤덤히 말하게 됐다. 이렇듯 상대를 향한 부러움이 나를 가시로 찌르지 않는 상태가 성숙이다. 나는 피아노를 포기하고 그것을 깨달았다.

성장보다 성숙이 어렵다. 내가 좋아하고 잘하고 싶은 일을 척척 해내는 사람을 진심으로 칭찬해주기는 훨씬 힘들기 때문이다. 하지만 성숙한 사람이 되면, 마음이 여유로워진다. 나보다 잘난 사람이 부럽긴 하지만, '그래서 뭐?'라는 태도로 헛된 경쟁심에서 벗어나게 된다. 누구도 대신 살아 주지 않는 내 인생, 내가 재미있게 살려고 노력해야 한다. 성장이나 성숙은 모두 나를 위해 하는 것이다.

악기 하나쯤 해야 한다면, 첼로

눈에 보이는 것을 보이는 대로 그리겠다며 서양미술사에서 사실주의를 주장한 귀스타브 쿠르베의 〈첼리스트〉에서 첼리스트는 연주하는 자세만 취했다. 왼손으로 활을 사용하고, 오른손가락이 아주 길게 묘사되어 있지만 현을 짚지 않는 등 실제 연주 동작이라 볼 수 없다. 첼로 대신 팔레트를 들어도 이상하지 않지만, 눈빛만큼은 날이 예민하게 서 있다. 쿠르베가 거울에 비친 자신의 모습을 담은 자화상으로 알려져 있으니, 그림에 붙은 연도로 추측하면 서른 즈음 되었을 무렵이다. 눈빛은 날카롭게 빛나고, 바싹 마른 얼굴을 검은 턱수염이 감쌌다. 자신감으로 충만하다. 그에게 연주자는 화가와 다르지 않다. 세상에 대한 자신의 해석을 표현하는 도구만 다를 뿐이다.

우아한 풍경화를 많이 그린 카미유 코로의 〈성직자〉는 첼로를 연주하는 성직자를 담고 있다. 머리카락이 모두 빠져나간 두상과 새하얀 수염, 어두운 색의 소박한 옷차림을 한 늙은 성직자가 연주하는 모습은 군더더기가 전혀 없다. 낡은 옷은 첼로의 몸과 하나처럼 보이고, 각고의 노력으로 얻은 지혜와 깨달음으로 두상과 수염은 빛나서 그의 첼로

첼리스트
귀스타브 쿠르베 | 1847 | 캔버스에 유채 | 117×89cm | 스웨덴 국립미술관

소리는 아정할 것 같다. 신의 뜻을 세속에 전달하는 사제로서 그에게 첼로는 신의 말씀을 소리로 전달하는 수단 같다. 이 그림을 그린 다음 해 코로는 죽었다. 당대의 스타 들라크루아에 비하면 자신은 작은 종달새에 불과하다며 스스로를 소박한 화가라던 겸손한 코로는 시대의 영향을 받되 그에 갇히지 않고 독자적인 화풍을 개척해냈다. 그는 그의 그림을 그렸다. 그래서 〈성직자〉는 그의 마지막 자화상으로 느껴진다.

성직자
카미유 코로 | 1874 | 캔버스에 유채 | 72.5×51cm | 독일 함부르크미술관

할머니가 되어도 설렐 거야

사랑이 뭐 별거라고, 죽니 사니 했을까?

"살고 죽는 걸, 사랑으로 고민하면 멋지잖아?"

나이 들면 마음도 늙어. 몸보다 더 빨리 늙어버린다고.

"내 마음은 늙지 않아. 일흔 살 호호 할머니가 되어도 잘생긴 남자 보면 막 설레고 그럴 거야."

오래된 친구와 나눈 대화. 너의 설렘을 응원한다. 내 몫까지 부탁한다.

'카레'에도
신선한 바람이 필요하다

꽃은 피어 아름답지만, 꽃이 지는 날은 슬프다. 피기 전에는 기대로, 지고 나면 안타까움으로 마음이 편치 않다. 고민 끝에 꽃피지 않는 식물을 키우기로 했다. 물만 제때 주면 죽지 않는다는 것들로 골랐다. 뱅갈고무나무와 오렌지재스민, 아레카야자, 드래곤 등을 사서 10일 혹은 2주일에 한 번 흙이 푹 젖을 만큼 듬뿍 물을 주었다. 모든 생명 있는 것은 마음을 주면 잘 자란다고 믿는 편이라, 클래식 음악도 함께 들었고, 각각에게 이름도 붙여서 불러줬다. 뱅갈고무나무는 인도 느낌이라 '카레', 오렌지재스민은 왠지 이탈리아가 떠올라 '시칠리아'로 정했다.

1년에 두 번 계절이 바뀌는 무렵엔 영양제도 뿌리 근처에 꽂아두었다. 그렇게 잘 크더니 웬일인지 겨울 끝 무렵에 '카레'와 '시칠리아'의 상태가 영 좋지 않아 보였다. 딘골식물원 사장님에게 사진을 찍어 보내고 전화를 했다. "통풍은 잘하고 계시죠?" 아! 물만큼 바람이 중요했던 것이다. 매일 신선한 바람을 맞을 수 있도록, 추워도 창을 활짝 열어뒀다. 집 안에서 빛과 영양은 자연 상태와 비슷하게 유지할 수 있지만, 바람은 그렇지 않았다. 화창한 빛만큼 신선한 공기도 중요했다.

　사람도 그렇다. 마음의 창을 활짝 열고 신선한 공기를 들여야 내 마음이 건강하게 유지된다. 그래서 한강을 따라 걸었고, 나무 많은 숲으로 갔다. 내 마음의 한강과 숲을 잘 가꾸야 하기에.

창턱의 꽃들
칼 라르손 | 1894 | 수채화 | 32×43cm | 스웨덴 국립미술관

세상 부럽지만
이번 생의 나와는 상관없는 말

사인큐라Sinecure : 할 일은 별로 없으면서 보수는 좋은 직책.

　이 세상 누군가는 저런 꽃보직을 갖고 있을 것이다. 보통
은 정해진 날짜에 통장에서 돈이 빠져나가기 바쁜데, 별다
른 일을 하지 않고 돈까지 많이 버는 직책이 있다니…….
같은 시대를 살지만 나와 다른 세상에 사는 그들이 부럽다.
이번 생의 나와는 상관없으니 '사인큐라'에 있는 그들도
고민이 있고 불행한 순간들이 많으며 친한 친구들은 없다
고 믿기로 한다. 나도 마음이 편해지고, 그들은 이런 내 믿
음을 모를 테니, 서로 윈윈.

　오랫동안 나는 고통의 원인이라는 부러움을 버리지 못했
다. 내가 무소유를 실천하신 법정 스님의 경지에 이른다면
그렇지 않겠지만, 아름다운 외모에 훌륭한 재능을 갖춘 이
들이 부러웠다. 지금은 달라졌다. 부러움이 있긴 하지만, 그
로써 내가 초라하다고 느껴지지는 않는다. 나는 나 나름으
로 좋다. 여기까지 오는 데 물론 기나긴 세월이 필요했다.

선물의 기술

선물에는 기술이 필요하다. 생일과 기념일을 막론하고 돈으로 주면 제일 간단한데, 어쩐지 삭막하고 무성의해 보여 백화점에 나가 보고 인터넷 쇼핑몰을 돌아다닌다. 그래도 상대에게 딱 맞는 선물을 찾기란 참으로 어렵다. 상대가 원하는 것을 콕 찍어주면 편하긴 해도, 선물의 본질인 놀라움이 사라지니 아쉽다.

선물의 방식은 크게 두 가지다. 내가 원하는 것을 주거나 상대가 원하는 것을 주거나. 전자는 상대가 무엇을 필요로 하는지 살펴보는 세심한 마음과 내 취향을 공유하고 싶은 마음이고, 후자는 선물은 받는 사람의 것이라는 실용성에 근거한다. 필요 없는 곳에 돈 썼다고 여러 번 혼났던 경험에서 배운 바로는 가까운 사이일수록 후자가 좋고, 호감 있는 사이라면 전자가 효과적이다.

일곱 살 남짓한 아이가 며칠 동안 엄마 생일 선물을 고민했다. 아빠와 의논하고도 며칠을 더 고민하고서야 엄마가 좋아하고, 엄마에게 필요하며, 엄마에게 주고 싶은 것을 찾아냈다. 하지만 선물을 포장하고 나서도 아이 얼굴은 어두웠다. 엄마가 선물을 좋아하지 않을까 봐 걱정되냐고 아빠가 물었다. 그게 아니라며, 아이가 대답했다.

"내가 엄마를 얼마나 사랑하는지 어떤 것을 선물해도 엄마는 모를 거야."

선물에 아무리 마음을 담아도, 받는 이에게는 한낱 물건에 그칠 수도 있다. 선물은 내 손을 떠나는 순간 상대의 것이다. 그러니 그것을 어떻게 받아들이든 연연하지 말자. 선물의 운명이 그러하다. 내 마음을 표현한 것으로 선물의 임무는 끝나므로.

인형과 소녀
페데리코 잔도메네기 | 1917 | 종이에 파스텔 | 54×38cm | 개인 소장

핸드크림은
비싼 걸로 부탁해요

"손가락은 가늘고 긴데, 손은 남자 손이네요."

하얀 손이 콤플렉스예요.

"남들은 부러워하는 건데……."

저는 그게 부끄러웠어요.

부러움과 부끄러움은 음절 하나가 다르지만, 그로 인한 마음의 차이는 크다. 부러움은 마냥 갖고 싶다는 가벼운 열망이지만, 부끄러움은 칭찬을 받을 때마다 스스로를 책망하게 된다. 고생 없이 편하게 살아 세상을 모르는 듯한 하얗고 매끈한 손이 내 인생의 성적표 같아서 숨기고 싶었다. 하지만 손을 아무리 혹사해도 나는 세상을 알 수 없었고, 세상은 언제나 내 고생과 무관하게 잘 돌아갔다. 그래서 나는 내 손을 아끼기로 했다. 비싼 핸드크림을 사서 듬뿍듬뿍 발라줬다.

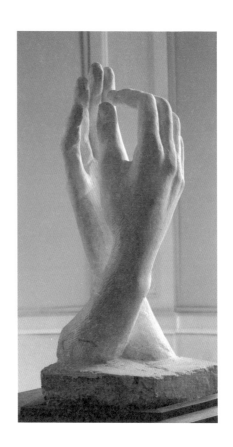

대성당

오귀스트 로댕 ｜ 1908 ｜ 석고 ｜ 64×29.5×31.8cm ｜ 파리 로댕미술관

몸은 늙어도
생각은 낡지 말자

17세기 플랑드르(지금의 네덜란드와 벨기에)를 대표하는 화가는 루벤스다. 그는 세속의 영광을 아낌없이 누리고 죽었다. 당대 최고의 궁정 화가였고, 유럽의 여러 왕의 궁정을 자유로이 다녔으며, 왕들 사이의 비공식적인 외교관으로서 임무도 잘 수행해냈다. 자신보다 신분이 높은 명문가 출신 이사벨라 브란트와 결혼했고, 그와 사별한 후에는 어리고 아름다운 헬레나 푸르망과 재혼했다. 명예, 돈, 건강을 모두 거머쥐었으니 행복했고, 그것은 그림으로도 잘 드러난다. 보는 이들을 기분 좋게 만드는 에너지가 가득하다. 훗날 르누아르의 그림처럼, 보는 사람의 마음을 그림 속으로 따스하고 포근하게 젖어들게 만든다. 루벤스는 자신의 재능을 잘 이용하며 살았다.

중산층 가정에서 태어난 빈센트 반 고흐는 갤러리스트로 시작하여 성직자에 이르기까지 여러 직업에서 실패했다. 괴팍하고 집착하는 성격 탓에 여자들에게 인기가 없었고, 뒤늦게 시작한 그림도 살아서는 인정받지 못했다. 한 사람에게 주어진 불행과 불운의 양이 지나치게 많았다. 그로써 후대의 명성과 불멸을 얻었더라도, 살아서 영광을 조

헬레나 푸르망의 초상화
피터 파울 루벤스 ｜ 1638 ｜ 목판에 유화 ｜ 176×83cm ｜ 빈 미술사박물관

금은 누렸더라면 좋았을걸……. 이런 고흐에게 소개해주고 싶은 사람이 있다. 바로 베토벤이다.

베토벤은 청각을 잃으면서도 너무나 아름다운 음악을 만든 점에서도 놀랍지만, 세상을 향한 그의 태도도 존경스럽다. 신분제 사회가 끝나가는 무렵에 산 베토벤은 자기보다 신분이 높은 귀족들에게 예를 갖춰 인사하지 않았다. 음악 연주와 악보 판매로 생계를 유지하면서 "세상에 귀족은 많지만, 베토벤은 나 하나뿐이오"라며 당당했다. 그래서 나는 베토벤의 자존감과 고흐의 열등감을 약간씩 섞인 사람이 되고자 했다. 나에게 넘치는 무엇을 덜어내고 그 자리에 부족한 무엇을 채우기 위해, 매일 공부하고 공부한 것을 의심으로 곱씹었다. 어렵고 복잡한 사실들을 단순한 문장으로 정리하고, 글로는 표현해내지 못하는 감정과 생각들에 절망하지 않고, 매일 써내기 위해 노력한다.

몸은 늙어도 생각은 낡지 않는 사람이 되고 싶기 때문이다.

해바라기(좌)
빈센트 반 고흐 ｜ 1888 ｜ 캔버스에 유채 ｜ 91×72cm ｜ 뮌헨 노이에 피나코테크미술관

루트비히 판 베토벤의 초상화(우)
요제프 칼 슈틸러 ｜ 1820 ｜ 캔버스에 유채 ｜ 62×50cm ｜ 빈 베토벤하우스

'사랑 재판'에서 조언하는
남자 고르는 법

'사랑 재판'은 사랑에 관한 분쟁이 있을 때 열리는 재판으로, 배심원단은 아름답고 유명한 귀부인들이고 만장일치로 판결한다. 중세 프랑스 음유시인들의 시에 기록된 관습이다. 몇몇 유명한 사랑 재판에 후원을 하기도 했던 마리 드 샹파뉴Marie de Champaigne 백작 부인에 따르면, 연인들이 주고받기 적당한 선물 리스트는 다음과 같다.

  손수건, 머리 장식 리본, 금이나 은으로 만든 왕관, 옷 잠금장치, 거울, 벨트, 가방, 옷 묶는 끈, 빗, 방한용 토시, 장갑, 반지, 향수, 꽃병, 쟁반 등.

  재산의 많고 적음을 떠나 동등한 두 남자 가운데 누구를 선택해야 하느냐에 대한 판결이 가장 흥미롭다. 마리 드 샹파뉴 백작 부인의 답을 읽기 전에, 나는 책을 덮었다. 중세는 신분제 사회였으니, 자기보다 신분이 높은 남자? 혹은 자주 만나서 데이트하기 쉽지 않던 시대였으니, 아무래도 성격이나 취향보다는 외모일 테니, 잘생긴 남자? 혹은 예나 지금이나 인기 있는 남자의 조건인 재치있는 말로 여자를 재미있게 해주는 상대? 신분과 외모, 재미 가운데 하나

겠거니 했는데 책을 다시 펴고 확인한 답은 의외였다.

백작 부인의 판결은 먼저 고백한 사람을 선택하라며, 당시로서는 상당히 색다른 설명을 덧붙였다. "사실 물질적으로 풍요로운 여성은 대단히 부유한 남성보다 가난한 남성을 사랑하는 것이 더 칭송받을 만하다."* 그 판결을 받아든 여성들이 그대로 따랐는지는 확인할 수 없으나 '대단히 부유한 남성'에 속하지 않는 나로서는 무려 850여 년 전의 그 판결에 괜히 뭉클해진다.

---

* 매릴린 옐롬, 《프랑스식 사랑의 역사》, 강경이 옮김, 시대의창, 2017.

사랑받고 산
사람의 얼굴

파키스탄에서 쓰는 우르두어로 '나스naz'는 조건 없이 사랑
받고 있다는 걸 알기에 느끼는 긍지와 자신감이란 뜻이다.
그 단어를 발음하면 마음속으로 부드러운 밤의 풍경이 떠
오른다.

도브데일의 달빛
조지프 라이트 | 1785 | 캔버스에 유채 | 62.2×74.3cm | 미국 알렌메모리얼미술관

딸만 넷을 둔
어느 아버지가 알려주는
좋은 남자 고르는 비법

"큰딸이 대학 졸업 즈음에 남자 친구를 데려왔는데 꼴도 보기 싫었어. 이미 몇 달은 만난 눈치니 배신감도 들고. 그래서 어떻게든 둘이 헤어지게 만들려고 했는데, 그게 오히려 역효과가 나서 둘이 더 애틋해진 거야. 심지어 둘이 유럽으로 해외여행을 가겠다길래 펄쩍 뛰며 반대하니까, 자기도 이제 성인이니 이럴 거면 집을 나가 혼자 살겠다며 물러서지 않는 거야. 도리가 있나, 피눈물을 흘리며 허락했는데 유럽에서 뭔 일이 있었는지 공항에서 혼자 나오는 거야(웃음). 반전이지, 반전이야. 그런데 가만 생각하니, 외국에서 곤란한 상황이 생기니까 말도 잘 안 통하고 문화도 다르고 해서 서로 네 탓이라고 싸우고 그랬을 거 아니야? 그러다가 헤어졌겠지."

그다음부터 그는 딸이 남자 친구를 데려오면 경비를 약간 모자라게 주고 해외 자유 여행을 보냈다. 대부분 싸우고 헤어져서 귀국했다고 한다. 만약, 더 사이가 단단해져 돌아오면 결혼도 승낙하겠냐고 물었다.

"그래도 그건 아니지. 이 작가, 결혼이란 건 말이야……"

보이트의 딸들
존 싱어 사전트 ㅣ 1882 ㅣ 캔버스에 유채 ㅣ 222.5×221.9cm ㅣ 보스턴미술관

식상하지만
의외로 위로가 되어주는 말 4

20년 동안 소개팅에 맞선까지 100여 번 본 후, 우연히 동네 카페에서 만난 초등학교 동창과 결혼한 김듀오 씨가 결혼의 비법을 알려준다.

나는 '저 사람이 나를 책임져줄 사람인가?'만 생각했는데, 그를 알게 된 후에는 내가 저 사람의 비빌 언덕이 되어주고 싶은 마음이 커졌다. 자연스럽게 결혼이 이뤄졌다.

진짜 한량이 되겠습니다

남의 편지를 읽는 것은 묘하다. 타인의 사생활을 엿본다는 약간의 죄책감이 평범한 내용을 은밀하게 만든다. 편지 주인이 죽은 후에 읽히는 편지는 공개된 일기장 같다. 그런 기분으로 영국 신사의 롤 모델인 필립 체스터필드Philip Chesterfield(1694~1773)가 아들에게 보낸 편지들을 읽었다. 체스터필드는 런던 케임브리지대학을 중퇴한 후 당시 귀족 자제들의 필수 코스였던 로마를 비롯한 유럽 도시들을 다니며 책에서 배운 내용을 실제로 견학하며 식견을 넓히는 그랜드 투어Grand tour를 떠났다. 스물한 살에 의원으로 정치생활을 시작하여 서른 살에는 아버지에게서 백작 작위를 세습받아 상원의원이 되었다.

체스터필드의 정치적 활약이 빛났던 때는 조지 1세와 조지 2세 시기였는데, 특히 그는 사람을 꿰뚫어보는 안목과 유려한 화술을 바탕으로 좌중을 압도하는 웅변가로 유명했다. 50대 초반에는 스스로 정치 일선에서 물러나 노년을 여유롭게 즐겼다. 자신을 위해 일했던 하인들에게 "그들(하인들)은 처지가 좋지 않은 내 친구들이다. 천성은 나와 다름이 없으나 운명만 다를 뿐인 사람들"이라며 2년치 급

료에 해당하는 돈을 유산으로 남긴 걸 보면 신분과 상관없이 인간에 대한 예의와 배려가 가득했던 인물로 짐작된다.

그는 평생에 걸쳐 참 많은 편지를 아들에게 보냈는데, 여기엔 그의 떳떳하지 못한 과거사가 있다. 30대 초반 4년 동안 네덜란드에 영국 대사로 재임했던 그는 두뷔체라는 여인과 미혼인 채로 아들 하나를 얻었다. 본국으로 돌아온 그는 조지 1세의 사생아이자 월싱햄 백작의 미망인 페트롤리나와 결혼했다. 부인의 돈과 자신의 명예를 맞바꾼 정략 결혼이었다. 그러니까 체스터필드는 멀리 떨어져 사는 자신의 사생아 필립 스탠호프에게 많은 편지를 보냈던 것이다. 그런 일이 당시엔 흔했다 해도 제 품 안에서 키우지 못하는 아들에 대한 사랑은 걱정과 그리움, 애틋함과 책임감으로 컸으리라. 그런 체스터필드의 통찰은 지금의 우리에게도 강한 울림을 준다.

'춤 그 자체는 별 볼 일 없는 우스꽝스러운 것이지만 지각 있는 사람도 때로 참여해야만 하는 관습 중에 하나란다. 그것도 아주 멋지게 해내야 한다. 세상에는 춤처럼 쓸데없으면서도 신경을 써야 하는 일이 수도 없이 많다. 왜냐하면 세상은 혼자 사는 곳이 아니라 다른 사람과 어울려 사는 곳이기 때문이다.'

'인생의 목적은 자신만의 세계에서 누리는 즐거움에 있다. 한량은 여유를 제대로 즐길 줄 아는 사람.'

'두뇌는 나이와 상관없이 적절한 휴식과 운동이 필요하다. 꾸준히 지식을 습득하면서 짬짬이 활력을 불어넣어 주면 되는 것이다. 가끔 딴짓을 하듯 엉뚱한 상상으로 두뇌에 누적된 피로를 날려버리면 된다.'[*]

그의 가르침대로 여유를 제대로 느끼는 한량으로 살아야겠다.

---

[*] 필립 체스터필드, 《아들아, 걱정 말고 살아라》, 이은주·이계정 옮김, 올리브, 2008.

자신감 충전에는
타락이 최고

나만 바보 같고, 제자리걸음하는 것 같고, 마음만 앞서고 제대로 하는 건 하나도 없고, 작심삼일은커녕 하루도 못 지키는 나 자신이 너무 짜증나고 싫을 때, 급격하게 자신감 충전이 필요할 때, 탕수육 대大자를 주문해서 혼자 먹는다. '찍먹'을 선호하지만, 이럴 때는 '부먹'이다. 뭔가 탕수육 축제랄까, 타락한 기분이 들기 때문이다. 하나씩 먹다 보면 실실 웃음이 나온다. 탕수육은 위대하다.

이래도 안 될 때는, 내 휴대전화 깊숙한 곳에 숨겨둔 비밀문서를 꺼낸다. 평소엔 오글거리고 민망하고 낯 뜨겁지만 이럴 땐 최고 효과를 발휘한다. 그것은 가까운 친구들에게 문자메시지로 나의 특장점을 말해달라고 강요해서 얻어낸 칭찬 일색의 답장들이기 때문이다.

"예상외로 따뜻하고 다정해요. 같이 있으면 재밌고 즐겁고. 대부분 사람들이랑 편하게 이야기하는 재능이 있고. 근데 또 감성만 있는 건 아니고 단호하고. 따뜻하고 다정하고, 웃을 때 좀 귀엽고. 밀당도 잘할듯. 아, 그리고 어른인데 어린이가 살고 있어서 좋아요."

"유연한 사고, 뛰어난 안목과 세련된 유머 감각. 한마디로 질 좋은 인간이지. 글씨도 참 잘 쓰고, 글은 더 잘 쓰고, 말은 더 잘하지."

"사람을 이해하려고 노력하고, 스스로 행복해지기 위해 노력해요. 무엇보다 자신이 어떤 사람인지 잘 알아요. 그게 참 대단한 장점인 것 같아요."

차마 밝힐 수 없는 과장된 평가를 수십 개 읽으면, 배도 부르고, 나를 그토록 화나게 한 사람도 우아하게 용서하는 마음이 피어 오른다.

'내가 너의 죄를 사하노라. 하지만 너는 평생토록 맛없는 탕수육을 먹기를, 탕수육의 참맛을 모르고 살기를!'

피로해소에는
초록색이 특효

피로해소가 잘 안 되어 혹시 내가 모르는 병이 있나 싶어 병원에 갔다. 덤덤한 얼굴의 의사 선생님이 담담한 말투로 초록색으로 된 것을 많이 먹으라고 하길래, 집 앞 슈퍼마켓에 갔다. 초록으로 된 것들을 잔뜩 사서 집에 왔다. 이걸 어떻게 먹어야 하나 하다가, 초록 병의 소주를 마신 후에 초록 캔의 맥주를 안주 삼아 마셨다. 숙면을 취했고, 피로는 해소되었다. 역시 선생님 말씀은 잘 들어야 한다.

예르강의 비

귀스타브 카유보트 | 1875 | 캔버스에 유채 | 80.3×59.1cm
미국 인디애나주립대학교미술관

당당하게
눈치 보며 놀자

의욕이 없을 때는 억지로 일하지 말자. 어쩔 수 없이 출근해야 한다면, 회사에서 빈둥거리자. 바쁘게 일하는 척하며 점심시간까지 버티자. 점심을 먹고, 아메리카노 한 잔 마시고 조금 더 일하는 척하다 보면, 퇴근의 기운이 사무실에 번진다. 그에 젖어서 최대한 들키지 않게 일하는 척, 일하지 말자. 회사에 조금 미안한 마음이 든다면 '지금까지 내가 벌어다준 돈이 얼만대'라며, 이 노동 시간에 이 월급이 말이 되냐며, 당당하게 눈치 보며 놀자.

무엇보다 원래도 일에 의욕이 없었음을 떠올리자. 그럼에도 지금까지 어떻게든 버텨온 나를 토닥여주자.

생각하고 살아야,
사는 대로 생각하지 않는다

프랑스의 계몽주의 철학자 루소는 성찰하는 인간은 타락한 동물이라고 썼고, 독일의 낭만주의 시인 횔덜린은 인간은 꿈꿀 때는 신이지만 생각에 젖으면 거지라고 말했다. 생각을 하면 세상의 질서에 길들여지므로 '타락'이며 '거지'라고 그들은 보았지만, 우리가 사는 현대 사회에서 그런 생각은 유효하지 않다. 생각하고 살지 않으면, 사는 대로 생각하게 된다.

현실을 잠시 멈춰야만, 생각이 가능하다. 오늘 하루는 혼자 있으며 지난 며칠 간의 시간에 브레이크를 걸고 내 몸을 안전한 곳에 주차하고 그늘에서 잠시라도 쉬자. 쉼 없는 삶을 살다 보면, 영원히 쉬어야 할 수도 있다.

쓸모없는 계획을 세우다 보니
깨달은 계획 짜기의 쓸모

오랫동안 난 계획을 세우는 일에 매진했다. 10년 후에 내가 되고 싶은 모습을 상상(상정)하고 그에 이르는 길을 1년 단위로 계획했다. 1년은 12개월로 나뉘고, 다시 두 학기로 분리되어 한 달, 한 주, 하루의 일로 구체화되었다. 때로는 오전, 오후, 저녁, 밤, 새벽으로 촘촘하게 구분했고, 그것을 모두 실행한 날은 몸은 피곤해도 마음이 편안하여 숙면을 취했다. 하지만 지나고 보니 대부분의 계획은 쓸모없었다. 계획대로 하루도 살기 어려웠다.

계획 세우기의 진정한 가치는 따로 있었다. 계획을 세우는 동안은 불확실한 미래가 잠시나마 뚜렷해져서 기분이 좋았고, 그런 긍정의 에너지로 불안한 매일을 버텼던 셈이다. 촘촘히 세워놓은 계획을 보면서 나는 내가 무엇을 원하는지 알 수 있었다. 계획은 쓸모없지만 아주 결정적인 쓸모를 내게 주었다. 미래가 내 뜻대로 되지 않지만, 내 뜻이 무엇인지 알게 되었기 때문이다.

계획 없이 산다는 것이 닥치는 대로 무절제하게 산다는 뜻은 아니다. 어차피 미래는 내가 예상하거나 기대하는 모양으로는 거의 오지 않는다. 머릿속으로 큰 계획과 방향만 설정하고, 그것이 현실에서 어떻게 흘러갈지 다양하게 시뮬레이션해본다. 그러면 설령 계획과 달라져도 현실에 유연하게 대응할 수 있다.

청춘의 특권은
시간낭비

"나이가 몇인데, 방황하냐?" vs "방황이야말로 젊음의 특권이지."

　방황은 부정적인 부랑자를 떠올린다. 여기저기 떠돌아다니며 생산적인 일은 하지 않는 사람들을 지칭한다. 방황과 방랑은 영어wander와 프랑스어errer 모두 같은 단어를 사용한다. 하지만 한국어에서 둘의 뜻은 다르다. 방황은 마음이 들떠서 아무것에도, 어떤 곳에도 마음이 붙지 않는 상태라면, 방랑은 어딘가에 있을 나를 기다리는 장소를 찾으러 다니는 과정이다. 따라서 방랑자는 새로운 세계를 직접 체험하여 온몸으로 빛을 발하면서도 또 어떤 일이 벌어질까 잔뜩 겁에 질리기도 한다. 그런 충돌이 그를 매력적으로 만든다.

　낭만주의 작곡가 프란츠 슈베르트의 대표적인 가곡 '겨울 나그네'는 연인을 잃은 젊은이가 하는 〈밤인사Gute Nacht〉로 시작되는데, 남자는 잠든 연인의 문에 '안녕히'란 인사를 남기고 방랑의 길을 떠난다.

"방랑자는 자신을 지우고 침묵하며, 세상 체험에 몰두한다. 그래서 움직이지 않는 방랑이란 없다."*

방랑의 과정이 고통스럽겠지만, 그렇게 체험한 세상은 그를 성장시킬 것이다.

방황은 쇼핑과 탐식으로 해소되지만, 방랑은 불가능하다. 방황은 집으로 돌아오면 눌러지지만 방랑은 그렇지 않다. 내가 내 자리에 있지 못하다는 느낌에 마치 잘못 끼워진 부품들로 완성된 장난감처럼 작동은 되지만 언제 부서질지 몰라 조마조마한 상태다. 청춘의 가장 큰 특권은 시간을 낭비할 수 있다는 점이다. 헤매고 떠돌아다닐 시간이 충분하다는 뜻이다. 그러니 젊어서 방랑은 사서라도 하자.

---

* 레몽 드파르동, 《방랑》, 정진국 옮김, 포토넷, 2015.

교언영색해야
잘 산다

교언영색巧言令色은 말을 유창하게 하고 얼굴빛을 잘 꾸미는
사람치고 어진 이가 드물다는 뜻이다. 사람이 겉과 속이 다
르면 안 된다는 옛사람들의 가르침이다. 하지만 요즘은 겉
과 속이 달라야만 성공할 수 있다. 마음과 다른 말을 유창
하게 하면 임기응변이 탁월한 것이고, 미소 지으며 상대가
듣기 좋은 말을 잘하면 인간관계에 절대적으로 유리하다.

　사회생활을 하면서, 교언영색하지 않으려 속마음을 고스
란히 표정과 말로 드러내면 비사회적인 사람으로 낙인찍
힌다. 따라서 사회관계의 비법은 교언영색이다. 그리고 내
가 갑이 되어도 갑질하지 말고 교언영색해서 상대를 기분
좋은 얼굴로 대하자. 그것이 사회생활하는 나의 다짐이다.

모자를 쓴 잔 에뷔테른의 초상
아마데오 모딜리아니 ｜ 1918 ｜ 캔버스에 유채 ｜ 54×37.5cm ｜ 개인 소장

생각은 그 사람
인생의 결과물

"나이 들수록 철학책을 읽어야 돼."

정재은 감독의 다큐멘터리 영화 〈말하는 건축가〉에서 '기적의 도서관' 등을 설계한 고 정기용 건축가가 한 말이다. 왜 그런 이야기를 했을까 곰곰이 생각해봤다. 우리 몸은 우리가 사는 시대에 저절로 속하지만, 정신은 그렇지 않다. 어떤 사람은 1970년대의 사고를 기준으로 오늘을 살고, 어떤 이는 1980~90년대의 잣대로 지금을 판단한다. '우리 때는 그렇지 않았어', '요즘 애들은 틀렸어'를 입에 자주 올리는 사람들이 대체로 그러할 것이다. 그들은 오랜 경험에서 통찰과 지혜를 얻기도 했겠지만, 자신의 편견과 고정관념에 매몰되어 현재를 현재로 보지 못한다. 한번 굳어진 생각은 쉽게 바뀌지 않는다. 생각은 그 사람 인생의 결과물이기 때문이다.

철학은 내가 알고 있는 것을 다른 관점에서 생각하게 만든다. 그래서 나는 잘 모른다는 사실을 깨우치게 만들므로, 이토록 불완전한 인간들이 모여 사는 사회에서 항상 상대의 관점에서 생각해야 함을 가르친다. 항상 '내가 틀릴 수

해무 위에 선 방랑자
카스파르 다비드 프리드리히 │ 1817 │ 캔버스에 유채
94.5×74cm │ 함부르크미술관

있고, 내가 옳지 않을 수 있다'는 의심과 반성을 품고 지금을 살아야 한다. 그래야 현재에 벌어지는 많은 사건을 현재 관점에 맞게 유연하게 판단할 수 있다. '우리 때는 이렇지 않았는데, 지금은 왜 이렇게 할까?', '요즘 애들은 우리 때와 다르네. 왜 그럴까?' 지금부터 그렇게 생각하는 연습을 해야 나이 들면서 꼰대로 불리는 참사를 막을 수 있다.

Part 4

거리 두기가
필요한 순간

상대마다 원하는 거리를 지켜야 관계는 오래간다.

그것이 우정이든 사랑이든 상대마다 그 거리는 달라서,

매번 상대가 어떤 사람인지 잘 알아야 한다.

그래서 상대를 알아가는 과정은, 상대를 통해 나를 알아가는 과정이기도 하다.

거 리 두 기

좋은 사진은 '피사체와 사진가의 거리를 얼마나 정확하게 두느냐'에 따라 결정된다. 피사체가 요구하는 거리보다 사진가가 가까이 다가서면 피사체는 얼굴을 숨기고, 너무 멀면 얼굴이 흐릿해진다. 좋은 사진가는 피사체에 맞춰 자신의 거리를 조절하는 능력이 탁월하다. 그것은 사진가의 마음과 생각의 결과물로 얻어진다.

상대를 대하는 것도 이와 같다. 너무 가까이 가서도, 멀어져서도 안 된다. 상대마다 원하는 거리를 지켜야 관계는 오래간다. 그것이 우정이든 사랑이든 상대마다 그 거리는 달라서, 매번 상대가 어떤 사람인지 잘 알아야 한다. 그래서 상대를 알아가는 과정은, 상대를 통해 나를 알아가는 과정이기도 하다. 나는 사진을 찍으면서 그것을 배웠다.

우유를 따르는 여인
요하네스 베르메르 | 1660 | 캔버스에 유채 | 45.5×41cm
암스테르담 국립미술관

사랑의 좀비,
고통이 만만해졌다

사랑은 언제나 힘들었다. 내게 사랑을 알려준 사람과 헤어졌고, 내게 사랑은 끝났다. 사랑의 폐허에 나는 혼자였다. 내가 나를 어쩌지 못하고, 상대를 향했던 나를 어찌할지 모르고, 모르는 것을 모르는 채로 두고 살아가는 방법도 찾지 못했다. 그렇게 나는 사랑의 좀비가 됐다.

그리스어의 회귀notos(return)와 슬픔, 고통algos(pain)이 결합된 단어 노스탤지어nostalgia는, 이곳이 아닌 과거의 다른 장소, 시간, 상태로 회귀하고자 하는 갈망의 좌절에서 비롯한 말이다. 즉, '그때 그곳에 있던 나'로 다시 돌아가고 싶은 갈망이라 할 수 있다.

그것이 이별의 가장 큰 고통이었다. 나는 그 사람과 헤어지기 전으로 돌아가고 싶었을 뿐이다. 이미 무너진 폐허는 새롭게 지어야 하나, 내겐 그럴 힘이 없었다. 그래도 시간이 지나면 대부분은 저절로 해결되었다. 그런 생각만으로도 지금의 고통들이 만만해졌다. 아름다운 순간을 좋은 추억으로 간직하고, 그 사람을 미워하지 않게 됐다. 그렇게 나는 나와 화해했고, 다시 사랑에 설렜다.

친밀함
펠릭스 발로통 | 1898 | 판지에 템페라 | 35×57cm | 개인 소장

나사와 첫인상은
가벼울수록 좋다

조립식 가구로 유명한 이케아Ikea에서 작은 서랍장을 샀다. 집에 와서 박스를 뜯고 조립하기 시작했다. 나무판들을 각자의 위치와 방향에 맞춰 나사로 연결하는 것이 핵심이었다. 설명서를 대충 보고 잘못된 위치에 나사를 고정했다가 빼내서 다른 곳으로 옮기기를 몇 차례나 반복했다. 조립하기는 어렵지 않은데, 설명서를 무시하는 성격 탓이다. 성격을 고치지 못할 테니, 해결책을 찾았다. 조립 제품의 나사를 한두 바퀴 정도 돌려 고정만 하고 제 위치인지 다시 확인한 후에야 단단히 고정했다.

이처럼 사회생활하면서 만난 사람들의 첫인상도 너무 깊이 박지 않는다. 이력서에 들어가는 정도의 사실만 확인한다. 첫인상은 처음 받은 느낌으로만 갖는다. 특히 첫인상이 좋을 때, 더욱 경계한다. 그것이 내가 어른으로서 상처를 덜 받는 방법이었다.

식상하지만
의외로 위로가 되어주는 말 5

사랑만이 우리를 구원한다고 믿는 노연애 씨가 전한다.

"불가능의 참뜻은 사랑하는 너로 인해 많은 것이 가능해
질 수 있다는 것이다."

impossible = I'm possible, because of you.

목욕하면
시간이 빨리 간다

시간은 변덕을 부린다. 어떨 땐 빨리, 어떨 땐 너무 느리게 흐른다. 시간을 빨리 없애고 싶을 때, 나는 목욕을 한다. 물 속에 몸을 담그면, 시간이 졸졸졸 평소보다 빨리 지나간다. 물 흐르듯 시간을 잘 보내려면, 물의 온도가 중요하다. 뜨거운 물과 차가운 물을 섞어 틀어서 내 몸이 원하는 온도에 딱 맞추기는 거의 불가능하다. 나는 미지근한 정도가 좋다. 이게 참 모호한데, 온수와 냉수를 섞어서 만드는 미지근함이 아니라, 물과 몸이 서로 섞이며 서로의 온기를 내주거나 받아들이며 만들어진 접점으로서 미지근함이다. 그런 미지근한 물에 몸을 맡기면, 최고급 실크에 휘감긴 듯하다. 눈 감고 기분 좋은 향이 나는 목욕을 즐기다 보면, 기분 나쁜 일도 웬만큼은 씻겨 나간다.

헬리오가발루스 황제의 장미
로렌스 알마 타데마 ǀ 1888 ǀ 캔버스에 유채 ǀ 132.1× 213.9cm ǀ 개인 소장

착한데,
친구는 별로 없어요

나는 친구가 적다. 알고 지내는 사람은 많아 보이는지 사람들은 저 말을 농담으로 치부한다. 20대가 되니, 초중고 시절의 친구들 상당수와 연락이 끊어졌다. 20대에서 30대가 되니, 10대를 함께 보낸 대부분이 시간에 쓸려 떠내려갔다. 20대 동안 새로 사귄 친구도 적은데 30대 후반에는 한 손으로 세어도 충분했다. 나이 들수록 친구를 새로 사귀기 어려웠다. 친구가 되기 위해 필요한 기간을 정해두지는 않았지만, 서로의 일상이 차곡차곡 쌓여서 어떤 이야기를 할 때 배경 설명을 하지 않아도 될 정도의 시간을 함께 보냈어야 친구로 느껴졌다. 그래야 함께 나이 먹는 쓸쓸함이랄까, 그런 것을 굳이 말하지 않아도 되기 때문인 듯하다.

친구가 적다고 우정이 작지는 않다. 소셜미디어 속 팔로워 숫자가 내 친구의 양이 아니다. 숫자를 부러워 말고 우정의 깊이를 다질 일이다. 혼자 그런 생각을 하면, 내 오랜 친구 몇몇을 향한 마음이 더욱 애틋해진다.

공감
브리튼 리비에르 ㅣ 1878 ㅣ 캔버스에 유채 ㅣ 45.1×37.5cm ㅣ 런던 테이트브리튼갤러리

시원하게
욕 좀 해줘

억울한 일을 당했을 때, 어이없는 말을 들었지만 정작 그 사람 앞에선 아무 대꾸도 못했을 때, 친구 A에게 전화를 건다.

"바쁘냐? 시원하게 욕 좀 해줘."

마치 기다렸다는 듯, 그는 묻지도 따지지도 않고 통쾌 상쾌한 욕을, '욕 전문 학원'이라도 다니는지 아주 맛깔스럽게 쏟아낸다. 웃음이 억울함을 날려 보낸다. 친구는 참 좋고, 좋은 친구는 참 고맙다.

오늘 수집한 단어:
스밈과 스밀라

'스밈'은 예쁜 생김새에 발음이 우아하고, 뜻도 좋다. 한국어와 덴마크어가 서로 다르지만, '스밈'이 '스밀라'와 닮아서 《스밀라의 눈에 대한 감각》이란 덴마크 추리소설도 읽었다. 약간 독특한 러브스토리였는데, 제목만큼 재미있지는 않았다. 눈이 녹아서 땅에 스미고, 음악이 내 귀를 통해 몸에 스며들고, 그렇게 나와 그 사람이 서로에게 스며들었던 시간들을 기억한다.

너무 깊이 너에게 스며들어 나를 잃을까 두렵고, 너를 내 안으로 깊숙이 받아들이고 싶은데 내 사랑의 크기가 충분하지 못할까 두렵다. 말할 수 없는 두려움을 품고 서로가 서로에게 스며드는 것이 사랑이다.

욕심도 과하시지요.
허허허

"공자가 7일 동안 밥을 먹지 못하니 도를 생각할 겨를이 없네. 무슨 낙으로 지내시는가 싶어 글을 보내네. 남 앞에 굽실거려 본 적이 하도 오래고 보니, 사는 형편이 자네처럼 좋은 벼슬에 있는 사람과는 비교할 수가 없네. 내 서둘러 절하며 부탁하니 돈 좀 꾸어주시게. 많으면 많을수록 좋다네. 보내는 김에 빈 술병도 함께 보내니 술을 가득 담아 보내주면 참으로 고맙겠네."

예나 지금이나 시류에 부합하지 않으려는 지식인의 처지는 곤궁하다. 부모에게 물려받은 재산이 없고, 스스로 부를 축적할 영민함이 부족했으니 가난은 숙명이다. 섣불리 돈을 빌려다 사업을 한다고 덤볐다가 오히려 막대한 빚까지 짊어졌다. 궁색한 처지에 빠져서도 빈 술병을 함께 보낸 연암 박지원의 유머도 재밌지만, 돈 빌려달라는 스승의 편지에 대한 박제가의 답장도 걸출하다.

"열흘 장맛비에 밥이라도 싸들고 직접 찾아뵈어야 하지만 그러지 못해 죄송합니다. 돈 200냥을 편지를 전하는 하인 편에 보냅니다. 술은 보내드리지 못합니다. 세상에 한껏

번에 두 가지를 다 가질 수야 있겠습니까? 욕심도 과하시지요. 허허허."

깍듯하게 예를 갖추되 친구처럼 편안하게 당시로서도 거금인 돈을 빌려주고, 그에 재치를 더한 답장에 연암이 빙긋 웃었을 법하다. 그들은 가난하더라도 마음은 그리 무겁지 않게 살았을 듯싶다.

네가 불행하길 빈다

인연은 기적과 저주가 결합된 것이다. 우연히 시작된 인연이 이어져 연인이 되었다. 그와의 사랑에서 인연은 기적이었고, 이별하니 그 대가는 저주였다. 사람을 미워하지 말자고 다짐을 하다가도, 하늘이 유난히 예쁘게 물드는 저녁이면 나는 그가 잘 지내지 못하길 진심으로 바랐다.

내가 왜 이러나 싶은 죄책감으로 마음을 착하게 써야지 하면서도, 유독 그 사람을 향한 마음이 착해지지 않는 이유가 무엇일까 생각을 더듬다가 생각으로는 찾지 못할 답 같아서 편의점에 들어가 캔맥주를 사서 마시고, 캔을 힘껏 구겨버렸다. 오늘도 하루가 지났고, 인연에 대한 저주는 하루의 양을 다했다. 찻길 쪽으로 걸어서 집으로 왔다.

압생트 한 잔
에드가 드가 ┃ 1834 ┃ 캔버스에 유채 ┃ 92×68cm ┃ 파리 오르세미술관

매미의 지혜

매미는 제 울음소리에 고막이 다칠 위험이 커서 자기가 울 때는 고막을 꺼둔다.

불 태워진
쇼팽의 러브레터

프랑스 낭만주의 문학을 대표하는 작가 조르주 상드는 남자 사냥꾼과 사랑의 여신이라는 극단적인 평가를 받았다. 여자이면서 남자 옷차림을 하고 남자 이름을 가명으로 사용한 상드는 차분하면서도 한순간에 광기를 폭발시켰고, 뜨거운 사랑을 하다가도 냉정히 다른 사람과 사랑에 빠지는 등 극단을 오갔다. 쇼팽과의 사랑에서도 그러했다.

쇼팽은 회색 코트, 양모 조끼, 넥타이, 모자로 남자 옷차림을 한 상드를 처음엔 꼴불견으로 여겨 무시했다. 하지만 여섯 살 연하의 그에게 모성애적 보호 본능을 느낀 상드는 쇼팽에게 적극적으로 구애했고 마침내 그들은 연인이 되었다. 쇼팽의 폐결핵이 상드의 헌신적인 간호로 호전되자 그들은 프랑스의 노앙Nohant에 위치한 상드 집에서 상드의 아이들과 함께 살았다. 쇼팽은 상드를 '나의 주인'으로 불렀고, 상드를 위해서만 살고 싶고, 상드를 위해서만 정다운 음악을 연주하고 싶다고 고백했다. 상드와 쇼팽은 서로에게 경제적, 심리적으로 도움을 주고받으며 마음을 깊고 단단하게 만들었다. 그런 쇼팽의 마음은 1844년 11월 30일 여행 중인 상드에게 보낸 편지에서 잘 드러난다.

"어떻게 지내오? 방금 전 당신의 멋진 편지를 받았소. 여기는 지금 눈이 내리는데 (일정을 늦췄다고 하니) 당신의 방을 따뜻하게 해놓을 시간을 더 갖게 되었소. 당신 원피스는 근동 지방에서 나는 검은색 비단으로 만들었소. 당신 주문대로 내가 골랐소. (옷감이 소박하지만 아름다운 최고급으로 최신 유행하는 것이고, 재단사가 총명하다고 설명한 다음) 당신 앞으로 편지가 많이 와 있소. 가르시아 어머니에게서 온 듯한 편지를 동봉하겠소."

쇼팽은 상드 앞으로 온 편지의 발송인 이름과 책의 제목 등을 알려주고, 오늘 저녁을 누구누구와 함께 먹을 예정이라고 덧붙인다. 아주 평범하고 소소한 일상을 적었는데, 7년여를 함께 산 다정다감한 연인의 모습이 자연스럽게 그려진다. 편지의 맨 마지막 문장은 쇼팽의 음악답게 감미롭고 아름답다.

"당신의 이 사람은 그 어느 때보다 더 늙은 것 같소. 많이, 극도로, 믿기지 않을 만큼 늙은 것 같소."

쇼팽의 초상화(부분)
외젠 들라크루아 | 1838 | 캔버스에 유채 | 46×38cm | 파리 루브르박물관

쇼팽은 섬세한 음악만큼 예민했다. 상드가 없는 동안 믿기지 않을 만큼 늙었다는 말은, 상드가 없으니 자신의 삶이 허전하여 사는 즐거움마저 잃었으니, '보고 싶다, 사랑한다'는 뜻일 것이다. 이 편지를 받고 상드는 답장을 보냈지만 쇼팽에게 보낸 처음과 마지막 편지만이 남았을 뿐이다. 쇼팽과 헤어진 상드가 왕복 서한을 불태웠기 때문이다. 그들이 헤어지고 시간이 흘러 죽음을 앞둔 쇼팽이 상드를 그리워하며 간절히 다시 만나고 싶어 한다는 소식에 상드는 승낙의 편지를 보냈다. 하지만 쇼팽의 병간호를 하던 누이는 그것을 전해주지 않았다. 상드의 애정 어린 편지를 읽지 못하고, 자신을 엄마처럼 보살펴주던 상드와 재회하지 못한 채 쇼팽은 죽었다. 편지로 시작된 사랑은 편지로 끝났다. 상드가 불태운 쇼팽과의 러브레터들이 더더욱 궁금해지는 이유다.

"그녀의 타오르는 듯한 시선이
나의 심장을 뛰게 만들었다."

__ 쇼팽

조르주 상드의 초상화
오귀스트 샤르팡티에 | 1838 | 캔버스에 유채 | 파리 낭만주의박물관

마네 말고,
베르트 모리조

인상파의 등장으로 '화가는 남자'라는 믿음이 깨졌다. 메리 카사트와 수잔 발라동, 베르트 모리조 등이 자기만의 예술적 세계를 그림으로 표현해냈다. 그들의 그림에서는 여성 특유의 섬세한 시선과 부드러운 표현이 돋보인다고 평가하지만, 그것은 편견에 가깝다. 화가의 성별을 모르고 본다면, 모네의 풍경화도 여성적이라고 보일 가능성이 크기 때문이다. 내 생각엔 그들이 남성 화가들이 제대로 그리지 않았던 소재를 그려서 그림의 세계를 풍요롭게 했다는 점이 중요하다.

여성 모델을 바라보는 남성 화가들의 시선에는 애정과 욕망, 관음과 두려움 등이 있기 마련이지만, 화가가 엄마이고 모델이 딸이라면 다르다. 마네의 모델이자 제자로 유명한 모리조가 그린 〈줄리 마네〉에 담긴 따스함은 그런 특수한 관계와 더불어 그레이하운드가 제 목을 주인에게 내밀고 줄리는 손으로 턱밑을 쓰다듬는 행위에서도 나타난다. 엄마-딸이 그러하듯, 주인-반려동물의 관계도 보호자-피보호자를 넘어 서로 감정을 주고받는 감정의 동반자 관계를 형성하고 있다. 인간 사회에서 개는 근대 사회가 본격화

줄리 마네와 그녀의 그레이하운드 라에르트
베르트 모리조 ┃ 1893 ┃ 캔버스에 유채 ┃ 73×80cm ┃ 마르모탕 모네미술관

되면서 더 이상 반려동물이라 부를 수 없는 새로운 관계를 만들어나가고 있었다. 함께 있을 때 인간의 마음을 편안하게 만들어주는 것은 개의 크나큰 장점이다. 무조건적인 마음과 변하지 않는 사랑을 엄마는 이 그림으로 딸에게 전하는 듯하다. 따스하고 포근하여 언제 봐도 기분 좋아지는 그림이다. 미술사에서 마네가 더 중요할지 몰라도, 오늘은 모리조의 그림이 더 마음에 와닿는다.

슈만 말고,
클라라

슈만과 클라라는 낭만적 사랑의 묶음이다. 그것은 슈만이 아끼는 음악가로 등장하여 클라라를 평생토록 사랑했던 브람스 탓도 있다. 낭만주의 음악을 대표하는 슈만과 브람스에게 사랑받은 클라라는 '정신착란으로 먼저 죽은 남편에 대한 정절을 지켰다'라고 공식적으로는 전해진다. 비공식적 에피소드로 넘어가면, 이야기가 여럿이다. 클라라와 브람스가 서로 사랑했고 육체적 관계도 맺었다는 설과 사랑은 했지만 어디까지나 정신적 교류에 불과했다는 설, 혹은 브람스의 일방적 짝사랑이자 구애에 불과했다는 설까지 다양하다. 진실 여부는 알 수 없으니, 각자 입맛에 맞게 선택해서 믿으면 될 일이다. 하지만 셋의 러브 스토리로 인한 피해는 고스란히 클라라 몫이었다. 피아니스트이자 작곡가였던 클라라는 음악가로서 제대로 평가받지 못했다. 이제는 슈만과 브람스 말고, 클라라에게 관심을!

모차르트는
할머니 연주자들이 최고

어릴 적 나는 내가 보고 듣고 생각한 것을 다른 사람에게 있는 그대로 전달할 수 없음을 깨달았다. 오랫동안 좋아하던 사람에게 고백했을 때였다. 처음엔 사람 마음이 같을 수 없지 정도였는데, 조금 지나니 왜 같을 수 없지를 거쳐 완전히 다르다에 도달했다. 딱 한 번 예외가 있었다. 내가 아팠고 아픈 나를 보며 엄마가 몹시 아파하던 밤이었다. 아파하는 엄마 마음이 내 심장으로 고스란히 건너왔다. 그 후로 내게 사랑은 아픔을 함께 아파하는 마음이었다.

모차르트 음악에서 비슷한 경험을 했다. 모차르트의 바이올린 소나타를 듣고, 마음이 너무 아팠다. 파리에서 어머니가 돌아가셨고, 그 무렵에 작곡했다는 개인적인 사연은 나중에 알게 되었지만, 그럴듯했다. 나는 엄마를 거쳐 모차르트에 도달했고, 모성애를 통과해 모차르트의 음악을 발견한 셈이었다. 그래서인지 클라라 하스킬Clara Haskil, 릴리 크라우스Lili Kraus, 마리아 조앙 피레스Maria João Pires, 미츠코 우치다Mitsuko Uchida 등 (젊은) 할머니 연주자들의 모차르트 연주가 특히 마음 가까이에서 울린다.

사람과 사람의 마음은 아주 가끔 통한다. 몸은 가까이 있지만 마음은 극성이 같은 자석처럼 도무지 가까워지지 못한다. 음악에는 같은 극을 바꾸는 힘이 있다. 마음의 단절을 거쳐 아주 희귀한 경험으로서 소통을 음악은 이뤄낸다. 그것이 아주 순간적이고 짧게 지속되더라도, 나와 당신 사이에 다리가 놓인다. 다리 위에서 사람들을 만날 수 있게 해준 모든 음악과 음악가에게 고마움을 전한다.

낮술을 마시며
들었던 말

"실망했으면 기회를 주고, 의심이 많으면 끝내자."

그가 오래 만난 연인에게 마지막으로 했다는 말이다. 많은 밤을 소주로 보낸 후 자기 마음에 대해 내린 결론이었다. 상대에게 한 실망은 다시 잘 지낼 수 있다는 희망으로 복구가 되지만, 한번 손상된 믿음은 복원할 수 없다는 뜻 같았다.

그 이름을
변기에 버린다

내 이익이 중요하면, 타인의 이기심도 인정해야 한다. 그의
눈에 내 행동도 이기적으로 비칠 테니, 타인에 대한 기대치
를 나에 대한 관용치와 비교해야 한다. 이런 다짐은 책상을
벗어나면 무너지기 십상이다. 상식 없고 무례한 사람들이
너무 많고, 내 의지와 무관하게 나와 부딪치고 나를 침범하
기 때문이다. 두 번 다시 볼 일 없는 사람으로 무시하고, 그
러려니 넘어가려 애쓴다. 그래도 분이 풀리지 않으면, 그
사람에게 아무 이름이나 붙인 후, 종이에 그것을 쓴다. 그
리고 종이를 잘게 찢은 다음 변기에 넣고 물을 내린다.

굿바이. 우연히라도 다시는 만나지 말자.

판도라 상자에
유일하게 남은 것

연애를 하면, 내가 어떤 사람인지 알게 된다. 이기적이고, 오만하고, 무지하면서 우기고, 쓸데없이 자존심만 세고, 여유가 없는 모습처럼 숨기고 싶은 것들일수록 더 잘 드러난다. 처음 연애할 때 이런 나의 판도라 상자가 열리(게 만드)는 상대는 나와 맞지 않는다고 해서 헤어졌다. 하지만 상대는 달라져도 늘 어느 시점에 나의 그런 면들과 직면하게되자, 그것이 전적으로 내 문제였음을 깨달았다.

그리스 신화에서 열지 말라는 상자의 뚜껑을 판도라가 열자, 그 속에 있던 온갖 재앙과 질병 등이 나와서 세상에 퍼졌다. 세상의 평화가 깨지자 판도라가 다급하게 상자를 닫았고, 그 안에 희망만이 남게 되었다. 내 상대를 판도라 상자라 믿으며, 아직 희망이 그 안에 있다고 믿으며, 만나는 동안은 상대에게 최선을 다하자.

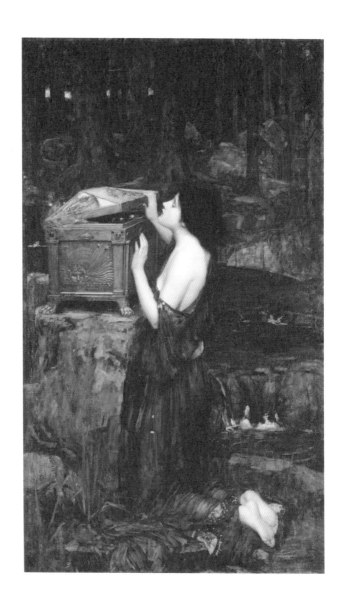

판도라
존 윌리엄 워터하우스 ┃ 1896 ┃ 캔버스에 유채 ┃ 152×91cm ┃ 개인 소장

입장의 차이,
차이의 입장

차에서는 횡단보도의 초록 불이 싫고, 횡단보도에 서면 빨간 불이 싫다. 입장에 따라 선호가 다르다. 입장이 다르니 생각의 차이가 생기고, 차이를 통해 다른 입장이 있다는 것을 배운다. 다름을 깨닫는 것이 성장의 시작인 셈이다.

베르메르여,
나를 구해주소서

지하철에 서서 사람들에 치였을 때, 잠시 눈을 감고 베르메르 그림을 보며 느낀 정갈함을 떠올려 내 몸 안으로 퍼져나가게 한다. 차의 깊은 맛이 혀에서 입으로, 온몸으로 번져나가듯이. 베르메르 그림의 평온함과 고즈넉함이 내 몸 안에 가득하길! 예술은 우리 일상으로 스며들 때 그 가치가 발휘된다.

델프트의 풍경
요하네스 베르메르 ∣ 1661
캔버스에 유채
96.5×117.5cm
헤이그 마우리츠하이스
왕립미술관

달콤한 샴푸향을 남기고 떠난
고도

대학 1학년 축제 때였나. 세상 모든 것에 대해 알고 있는 듯한 독문과 여학생을 따라 교내 연극반이 하는 〈고도를 기다리며Waiting for Godot〉를 보러 갔다. 연극 따위엔 전혀 관심 없었지만 웃을 때 입술 끝에 걸리는 보조개가 예뻤던 그에게는 관심이 많았다. 여하튼 제목을 읽고, 전쟁으로 조난당한 비행기 조종사 이야기겠거니 짐작했다. 무대에 불이 켜지고 앙상한 나무 한 그루만 있길래 '사막에 떨어졌나' 했고, 남자 둘이 거의 움직이지 않고 한국말로 하는 대사를 도무지 이해 못했을 땐 나의 부족한 교양을 탓하며, 이해하려고 애썼다. 이런 어려운 연극을 보니, 내가 대학생이 된 사실이 온몸으로 느껴졌다.

  그렇게 10분, 20분, 30분이 지났지만 비행기는커녕 그들이 기다린다는 '고도'는 사람 이름인지 사물인지도 헷갈렸고, 작품은 나를 버리고 점점 미궁 속으로 빠져들어 갔다. 나는 옆자리에 앉은 그의 표정을 흘깃 보았다. 엄청 집중해서 보고 있길래 나도 그런 표정으로 무대를 노려보며, 내일 제출해야 할 리포트 주제에 대해 잠시 걱정했고, 당구공들을 이리저리 배치하고 각도와 힘을 조절하며 쳐봤다.

그래도 도무지 끝나지 않아서 어젯밤에 잠을 많이 잔 나 자신이 싫어졌다. 내 옆의 그는 너무 오랫동안 집중했는지, 내 어깨에 기대어 잠들었다. 샴푸향을 맡으며 어깨에 힘을 주고, 어서 '고도'가 와서 작품을 끝내길 간절히 빌면서도 난생처음 여자가 내 어깨에 기댄 지금이 끝나지 않길 바랐다. 무엇을 바라야 하는지 헷갈려서 다른 생각을 하기로 했다. 내가 이 아이와 사귈 수 있을까. 아니야, 그것은 헛된 공상이야. 그래도 같이 이런 것도 보러 오자고 했으니 내게 관심이 조금은 있지 않을까……. 희망을 사실로 믿기로 하자 상상은 날개를 달고 날아올랐다. '내 여자 친구야'라고 소개하고, 친구들이 부러워하고, 내가 군대 갔다 오고 직장에 취직하고, 마침내 결혼식을 올리는 장면에서, 무대에 불이 켜졌다.

수야장천 이야기하던 고도가 오지도 않았는데, 작품이 끝나다니……. 너무 황당해서 나도 모르게 벌떡 일어설 뻔했다. 움찔하던 내 어깨의 파동에 그 아이가 깼고, "심도 깊은 현대인의 고독이 느껴지지……"라며 "역시 넌 재밌게 볼 줄 알았어"라고 덧붙였다. 으응, 대답도 놀람도 아닌 어설픈 추임새를 하며 극장 밖으로 나왔다. 사무엘 베케트라는 깡마른 얼굴에 동그란 안경을 쓴 작가의 얼굴 사진을 노려봤다. 그 작품을 본 대가로 나는 그 아이와 한동안 친하게 어울려 다녔다. 남들은 우리가 잘 어울린다고 말했지만, 우리는 그렇지 않다고 두 손을 휘이 저으며 부정했으나 늘 함께 다녔다. 사귄 것도 아니고 안 사귄 것도 아닌 모호한 관계로 지내다가 멀어졌다. 그렇게 사무엘 베케트는 그 아이와 더불어 내 기억에서 사라졌다.

파리 유학 시절 퐁피두센터의 전시회에서 사무엘 베케트라는 이름과 다시 만났다. 그의 작품들을 1년 동안 거의 다 읽었다. 무슨 말인지 모르겠는 작품도 있고, 와닿는 것도 있었다. 그에 관해 설명한 책도 여럿 읽었다. 내가 나이가 들어서인지 대학 시절 그 아이 말처럼, 현대인의 고독과 외로움을 느끼기도 했다. 그런 미묘한 심정을 실제로 무대에서 확인하고 싶어서 〈고도를 기다리며〉뿐만 아니라 〈오, 아름다운 날들〉, 〈플레이〉 등은 연극으로도 관람했다. 내용을 모두 파악하고 잠도 충분히 잤고, 저녁도 먹지 않았지만, 연극은 지루하기만 했다. 좋은 내용인데 도무지 보는 재미라곤 하나도 없었다. 내가 내린 결론은 '좋은 작품이라도 지루할 수 있다'였다. 아니 어쩌면, 지루함은 좋은 작품의 한 조건일지도 모르겠다. 여하튼 그 후로 불면증에 시달리는 사람들에게 나는 사무엘 베케트의 작품을 적극 추천한다.

예술가의 방과 그의 아내
빌헬름 하메르스회 ┃ 1901 ┃ 캔버스에 유채 ┃ 46.5×52cm ┃ 덴마크 국립미술관

나무가
우리 험담을 하진 않겠지?

"자네도 숲이 얼마나 멋있는지 알겠지! 오후 끝 무렵에 그리로 달려 나갔다가 기진맥진해서 돌아오기도 하지. 무섭도록 거대한 고요와 마주치고. 그래서 나는 정말로 두려워. 망나니들처럼 얽힌 나무들이 저들끼리 수군대는데 우리가 당최 알아들을 수 없는 말만 하는 것 같네. 우리가 나무와 말이 통하지는 않잖나. 그러니 별수 없지. 그래도 나무들이 저들끼리 험담인들 하겠나."*

자연을 사랑하는 사람은 나무와 동물을 사람으로 대한다. 인간에 대한 희망을 잃은 사람일수록 동물과 식물에 더 마음을 의탁하는 이유가 그와 같지 않을까. 서양 미술사에서 농부를 그린 최초의 화가 밀레의 마지막 문장, 나무들끼리 인간을 험담하지 않으리라는 말. 그 말이 아름답고 그런 마음으로 살았기에 힘들었을 그를 생각하면 마음이 아프다.

좋은 사람 하나가 많은 못된 사람에 대한 위안이 된다던 밀레. 도와주려는 사람들이 있었지만 구걸하지는 않았다는

---

* 알프레드 상시에, 《자연을 사랑한 화가 밀레》, 정진국 옮김, 곰, 2014.

밀레는 파리 근교의 바르비종에서 팔리지 않는 소재인 농부들의 일상과 보잘것없는 농촌 풍경을 그렸다.

"주제는 뭐든 좋습니다. 힘차고 명료하게 그리는 게 문제지요. 예술은 즐기는 것이 아닙니다. 싸움이지요. 으르렁대며 달려드는 것이지요. 나는 철학자가 아닙니다. 고통을 억지로 참고 싶지 않고, 금욕적이든 무관심이든 그렇게 될 법도를 찾지도 않습니다. 화가들은 고통에서 강한 표현을 끌어내지 않을까요."[*]

그는 고통의 시기에 고통스럽다고 털어놓았다. 자신의 고통을 숨기지도 불평하지도 않고 그저 담담히 말했다. 그렇게 묵묵히 제 일을 하는 농부의 모습을 담은 밀레의 그림은 새로운 종류의 종교화로 칭송받았고, 생의 후반부에는 세계적인 명성을 얻었다. 자기 작품의 가치를 확인받고 눈을 감아서, 참으로 다행이다.

---

[*] 알프레드 상시에, 《자연을 사랑한 화가 밀레》, 정진국 옮김, 곰, 2014.

만종
장 프랑수아 밀레 | 1859 | 캔버스에 유채 | 55.5×66cm | 파리 오르세미술관

고백은 시작일 뿐

고백은 시작일 뿐이다. 고백한 후의 태도와 행동이 중요하다. 나는 사랑이 시작되고 고백하지만, 상대는 고백을 듣고 나서 사랑이 시작될 수도 있다. 그러니 고백으로 내 진심을 모두 전했다는 착각은 버려야 한다. 고백은 상대를 향한 내 마음의 다짐에 가깝다. 진심이 말로 온전히 전해진다면, 그것이 어찌 진심이겠는가.

Part 5

더 는 숨 지 않 고
나 다 움 을 찾 을 때

나는 타인의 기대에 부응하려 애쓰며 살았다. 이제는 나를 위해 살아야겠다.

나를 살피고 내 마음의 바람에 예민하게 반응해야겠다.

진정한 용기는 무모한 일에 몸을 던지는 것이 아니라,

어떤 상황에서도 가장 적절한 수단을 선택하여 실행하는 것이다.

신영복 선생님께
동안의 비결을 묻다

소주 브랜드 '처음처럼'의 서체로 대중적으로 유명해진 신영복 선생님은 민주화 운동을 하시다가 검거되어 20년 20일을 교도소에 갇혀 계셨다. 20대에 투옥되어 40대에 출소하셨는데, 그 긴 세월 동안 가족과 지인들에게 보낸 편지와 엽서를 모은 《감옥으로부터의 사색》은 20세기 한국 최고의 에세이라는 평가를 받는다. 말과 글에서 사람과 세상을 향한 따스함이 가득하여 지금도 여전히 많은 사람에게서 사랑받고 있다.

그런 선생님의 강연회에 간 적이 있다. 질의응답 시간이 주어졌는데, 대체로 책에 있는 내용이거나 자신의 고민에 대한 답을 바라는 질문들이었다. 이제 마지막 질문을 받겠다는 사회자의 말에, 수백 번 갈등하다가 나는 손을 번쩍 들었다. 선생님과 눈이 마주쳤고 손으로 지목해서, 나는 일어나서 간단한 인사와 함께 이름을 밝혔다. "저희 할아버지와 연세가 비슷하신데, 선생님 동안의 비결이 뭐예요?" 강연장의 모든 사람이 박장대소하며 내 쪽으로 돌아봤고, 같이 갔던 친구는 부끄럽다며 고개를 푹 숙였다. 어쩌면 조금은 불경할 수 있는 질문이었는데, 선생님께서는 환히 웃으시며 자신이 《감옥으로부터의 사색》으로 유명해져서 그런지 사람들이 자신을 맨날 사색만 하는 사람으로 알고 있다며, 웃음 가득한 얼굴로 답을 해주셨다.

"감옥소의 콩밥이 유기농이잖아요? 그걸 20년 먹어서 그런가 봐요(웃음). 얼마 전에 동창회를 했어요. 먼저 가서 기다리는데 하나둘씩 노인들이 들어오더라고요. 가까이에서 보니 제 동창들인 거예요. 그때 보니 제가 동안이긴 하더라고요(웃음). 20년 동안 직장 다니며 돈 버는 사회생활을 하지 않았으니, 덜 늙지 않았겠어요?"

교집합과
여집합의 비율

공통 부분인 교집합이 적으면 친구가 되기 어렵고, 나와 상대의 다른 부분인 여집합이 적으면 친구를 유지하기 어렵다. 애인도 그렇다. 나와 함께 있는 시간과 각자 있는 시간의 비율이 서로 맞아야 한다. 나는 함께 있고 싶은 시간이 7인데, 상대는 4면 부족한 3을 나는 어떻게든 감당해내야 한다. "아니, 난 괜찮아"라는 말을 들으면, 되묻는다. "괜찮은 거 말고, 좋은 거를 말해줘."

'괜찮아'는 '참을 수 있어'라는 뜻이다. 즉 자신의 욕구를 억누르는 것이니, 언젠가 이자까지 더해져 폭발하기 마련이다.

모남과 둥긂

"그냥 대충 남들처럼 둥글게 살아." 그런 말을 하는 이들에게 되묻고 싶다. 살면서 단 한 번이라도 모나서 부딪친 적이 있는가?

나는 종종 사람들과 부딪쳤고, 그들에게 나는 모난 사람이었다. 모난 나를 그들은 세상 사는 법을 모르는 못난 사람으로 판단했고, 나는 그러려니 했다. 나의 가치는 그들의 판단과 전혀 무관하다고 생각했다. 나의 모남은 나의 축복이었다. 둥근 그들이 평생 느끼고 깨닫지 못할 것들을 나는 현실에 부딪히면서 얻었으니 말이다. 그것으로 나는 나로서 살아갈 수 있었다. 허균은 사회와 자신이 하나 되지 못하여 글을 쓴다고 했다. 남들과 다른 부분이 있어야 남들의 눈을 잡고 마음을 움직일 수 있다.

오스트리아 소설가 로베르트 무질Robert Musil은 《특성 없는 남자》에서 "날 사랑하지, 그렇지? 물론 나는 예술가도, 철학가도 아니지만, 나는 꽉찬 남자야. 나는 그렇게 생각해. 꽉 차 있다고"라고 썼다. 나는 언제나 자기 자신으로 꽉 차 있는 사람이 되고자 노력했다. 그 가치를 알아주는 사람들은 적지만, 그들과 나누는 시간과 행복으로 꽉 찼다.

젊은 자유투사
페르디난트 호들러 | 1908 | 캔버스에 유채 | 212×92cm
뮌헨 노이에 피나코테크미술관

맹자의 비밀

책은 혼자 읽으니, 가장 지적인 혼자놀이다. 정확히는 독서는 나 혼자 하지만, 저자의 이야기를 듣는 것이니 완전히 혼자는 아닌 셈이다. 그래도 내 마음대로 작가의 말을 들었다 말았다 할 수 있으니 모든 선택권은 내게 있다. 나는 작가의 말이 빠르면 책을 덮고, 생각할 만한 말을 하면 잠시 멈춘다. 오늘 나를 멈춘 문장은,

"사람들은 닭이나 개를 잃으면 곧 그것들을 찾을 줄 알면서도, (   )을 잃고는 찾을 줄 모른다."

이것은 맹자의 말이다. 때때로 나는 중요한 단어를 빈칸으로 노트에 옮겨 적곤 한다. 시간이 한참 지나면 저자가 쓴 말이 기억나지 않아 곤혹스럽기도 하다. 내가 저 문장을 쓴다면, 빈 칸에 무슨 단어를 넣을까? 여기서 빈칸은 여러분의 답을 기다린다. 맹자와 나의 답은 비밀!

마티스의 음악

색채가 거칠게 포효하는 듯한 야수파를 대표하는 화가 앙리 마티스는 러시아의 수집가 슈추킨Shchukin의 모스크바 저택 계단벽을 장식하기 위해 〈춤〉과 〈음악〉을 제작했다. 배경을 초록과 파랑으로 통일하되, 색의 비율을 달리하여 그림의 리듬감을 만들어냈다. 특히 〈음악〉에서 초록과 파랑의 오선지 위에 사람이 음표처럼 다가온다. 마티스는 그림을 음악으로 들리게, 음악을 그림으로 보이게 만들었다.

"음악과 색채가 공통되는 것은 그들이 같은 방향으로 나아간다는 것뿐이다. 서로 최소한의 차이만 있는 일곱 개의 음계만으로도 충분히 최고 작품을 만들 수 있다. 시각 예술에서는 어째서 그렇지 않아야 할 것인가."

마티스 그림의 아름다움은 생각의 아름다움이다. 남들과 다른 생각이 결국 남다른 그림을 만들어낸 셈이다. 남들과 같은 생각을 하면, 역사에 남을 그림을 그리지는 못한다.

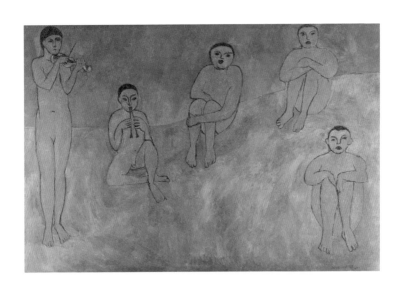

음악
앙리 마티스 | 1910 | 캔버스에 유채 | 260×389cm
상트페테르부르크 에르미타주미술관

춤
앙리 마티스 | 1910 | 캔버스에 유채 | 260×391cm
상트페테르부르크 에르미타주미술관

"차라리
실패하는 쪽이 좋아"

꿈을 꾸며 살아왔다. 이제는 그 꿈을 이루며 살아가겠다.

나는 타인의 기대에 부응하려 애쓰며 살았다. 이제는 나를 위해 살아야겠다. 나를 살피고 내 마음의 바람에 예민하게 반응해야겠다. 진정한 용기는 무모한 일에 몸을 던지는 것이 아니라, 어떤 상황에서도 가장 적절한 수단을 선택하여 실행하는 것이다.

"적극적인 사람이 더 훌륭한 사람이지. 나는 게으르게 앉아서 아무것도 하지 않는 것보다, 차라리 실패하는 쪽이 좋아."

생각만으로는 아무것도 변화되지 않는다. 빈센트 반 고흐가 1885년 7월 동생 테오에게 보낸 편지를 읽으며 그런 다짐을 했다.

〈감자를 먹는 사람들〉의 스케치를 담은 편지(위)
1885. 04. 09 | 빈센트 반 고흐미술관

랑글루아 다리 스케치를 담은 편지(좌)
1888. 03. 15 | 뉴욕 모건도서관

〈침실〉의 스케치를 담은 편지(우)
1888. 10. 17 | 뉴욕 모건도서관

샤르댕과 김치찌개

베르사유궁전을 중심으로 발전한 바로크 회화는 신화와 영웅의 이야기를 화려한 색채와 위압적인 스타일로 표현했다. 왕과 귀족, 교황과 주교 등 권력자들의 취향에 부합하는 그림을 그려야만 먹고살 수 있던 시대에 샤르댕은 주전자나 그릇, 과일 등 일상의 물건들을 소박한 스타일로 그렸다. 니콜라 푸생이나 필립 드 샹파뉴 그림과 나란히 두면, 영 볼품없어 보인다. 하지만 샤르댕은 꽤 성공했다. 그의 그림은 화려한 색과 과도한 볼륨으로 치장된 당대의 유행에 대한 일종의 해독제였다. 마치 훗날 마리 앙투아네트가 화려한 궁정생활에 지겨워져서 궁 안에 시골 마을을 재현해놓고 지냈듯이. 이 이야기를 들려주니, 흥미롭게 듣던 친구가 한마디 덧붙인다.

"맨날 피자는 못 먹지. 김치찌개가 필요해."

응?

은잔
장 밥티스트 시메옹 샤르댕 | 1750 | 캔버스에 유채 | 33×41cm | 파리 루브르박물관

식상하지만
의외로 위로가 되어주는 말 6

오늘도 급한 성격 때문에 손해가 이만저만이 아닌 사람들
에게, 첼로의 성자라 불린 파블로 카잘스가 자신의 좌우명
을 알려준다.

"위대한 인간은 기다릴 줄 안다."

카잘스처럼 위대한 인간도 기다리는데, 우리 같은 평범
한 사람은 당연히 기다려야 한다. 특히 지하철에서 내리는
사람들이 먼저 내린 후에 타자.

반짝반짝 빛나는
베르메르

완전한 어둠 속에서는 사진을 찍을 수 없다. 빛이 없기 때문이다. 하지만 그 어둠 속에 사람을 세워놓고 몇 분 동안 찍으면 형체가 찍힌다. 햇빛 아래를 다니며 축적된 빛이 어둠 속에서 풀어지듯, 사람의 몸이 빛나기 때문이다. 한동안 내가 좋아하는 사람을 촬영할 때, 노출 시간을 길게 설정해 눈이 부실 정도로 환하게 찍었다. 그걸 본 반응은 크게 두 가지였다.

"노출 오버야. 야, 다시 찍어"와 "오오오. 예쁜데."

내게 그 사람은 눈이 부셨고, 그 눈부심을 표현하기 위한 방법이었다. 그런 경험을 하고 얼마 후 베르메르의 〈진주 귀걸이를 한 소녀〉를 봤다. 그림보다는 사진으로 느껴졌다. 무엇보다 약간 노출이 과도한 듯한 얼굴이 나를 잡아당겼다. 그림 속 소녀에 대한 베르메르의 마음이 느껴졌다. '내 눈에 그대는 이처럼 맑게 빛나오.' 그림이 시공간을 넘어 내게 소곤소곤 말을 건넸다.

베르메르는 지금의 명성에 비해 알려진 바가 적어서 사

람들에게 신비로운 화가로 여겨진다. 그가 살았던 17세기 당시는 역사화와 풍경화가 인기 있던 때라, 일상의 소소한 풍경과 주변 사람들, 집 안을 배경으로 평범한 모습을 그렸던 베르메르는 빈곤한 삶을 살았다고 전해진다. 그런 참혹한 현실에서도 그의 그림은 온화하고 부드럽다. 그는 부인과 아이 열다섯 명을 얻었으나 네 명이 어려서 죽었고, 하녀 등을 포함하면 대가족의 가장이었다. 그림을 팔아도 수입이 충분하지 못해서 미술 거래상으로도 활동했으나, 경제 사정이 좋아지지는 않았다. 전문 모델을 구하지 못했을 테니, 그림 속 여인들은 부인과 딸, 하녀 등으로 짐작된다. 그렇다면 돈을 많이 벌지 못하는 가장으로서 미안함에 더욱 그들을 밝고 아름답게 그렸던 것일까?

지금의 우리가 베르메르를 좋아하는 이유 중 나도 저렇게 아름답게 누군가 봐주길 바라는 마음도 있지 않을까?

진주 귀걸이를 한 소녀
요하네스 베르메르 | 1666 | 캔버스에 유채 | 44.5×39cm | 마우리츠하이스 왕립미술관

때로는
나답지 않은 순간도 있다

오늘은 렘브란트의 〈유대인 신부〉 속 여인의 심정이 내게 전해졌다. 붉은 소파에 기댄 여인의 표정은 심한 감기 몸살로 잠을 거의 자지 못한 다음 날 아침 같다. 살짝 벌린 입술, 내려뜬 눈, 두 팔을 몸에 붙이고 움츠린 자세는 고통이 여전히 진행형임을 말한다. 얼굴에 비해 크고 날카로운 콧날에도 고통이 흐른다. 얼굴만 자세히 그려서 배경과 여인을 유리시킨다. 표정은 어디에나 있다. 슬픔은 사람을 외롭게 만든다.

212

여자의 가슴에 남자는 오른손을 펼쳐서 대고 있다. 그것은 여자의 가슴을 만지는 동작이 아니다. 제 손바닥의 온기를 전하려는 행동이자, 여자의 심장박동을 온전히 느끼고자 함이다. 여자는 남자의 오른손에 왼손가락 끝을 가볍게 대고 있다. 동의의 뜻이다. 남자의 왼손이 여자의 등을 다독이듯 감싸고 있다. 여자는 아직 결혼 전이다. 반지는 왼손의 새끼손가락, 오른손의 검지에 끼워져 있으니 약혼한 상태다.

감정은 손을 통해 간접적으로 드러나고, 눈빛을 통해 직접적으로 표출된다. 여자는 제 가슴과 몸을 내어줄 만큼 친

유대인 신부
렘브란트 판 레인 | 1667 | 캔버스에 유채 | 121.7×166.4cm | 암스테르담 국립미술관

밀하나 눈빛은 사랑의 기쁨으로 가득 차 있지는 않다. 불안과 두려움, 근심과 떨림 등이 강하다. 배경의 검은 자국들도 어쩐지 비극적인 분위기를 풍긴다. 그래서 저들의 마음을 상상해본다. 사랑으로 행복했고, 그 대가로 불행을 경험한 이들의 설렘은 두렵다. 사랑으로 발전될까 흥분되고, 이 관계가 감정의 일시적 요동에 그칠까 걱정된다.

렘브란트의 위대함은 많은 것에서 기인하지만 비극과 슬픔, 추함과 노쇠함 등도 숭고하게 보이는 수준으로 끌어올리는 힘에 있다.

착하지 않아도,
행복합니다

착해야 좋은 사람이 되고, 좋은 사람이라야 행복할 수 있다고 믿었다. 그러나 착한 사람과 좋은 사람은 일치하지 않았고, 더구나 행복은 그와 아무런 상관없었다. 나쁜 사람도 다리 뻗고 잘 살듯이, 착하지 않아도 행복할 수 있었다. 착하려면 대체로 남의 요구나 바람을 위해 자신을 희생해야 할 때가 많다. 나는 '착한 = 좋은'이 아니라는 사실을 기준으로 착함과 행복이 충돌하면 단호하게 행복을 선택했다.

식 상 하 지 만
의 외 로 위 로 가 되 어 주 는 말 7

사람들의 '좋아요'를 위해 위험한 셀카도 마다하지 않는 나허무 씨에게, 《노인과 바다》로 유명한 소설가 헤밍웨이가 전한다.

"나 아닌 것으로 사랑받느니, 차라리 나다움으로 미움을 받겠다."

피아니스트 글렌 굴드Glenn Gould는 원하는 것이 없는 사람이 권력자라고 했다. 살아 있는 인간이 어찌 그럴 수 있겠냐마는, 세상의 시선에 맞춰 자신을 만들지 않고 자기 자신에게 충실한 사람이 권력자라는 뜻이리라. 이는 곧 혼자 있는 시간을 즐기는 사람이 권력자라는 말인 셈이다.

피아노를 다시
배워 볼까?

피아노는 관능적이다. 모든 악기가 그러하듯, 피아노 역시
연주자의 몸과 직접 접촉해서만 깨어난다. 같은 피아노라
도 연주자에 따라 완전히 다른 빛깔의 소리가 울리는 이유
다. 온몸으로 껴안는 첼로가 뜨거운 관능의 악기라면, 피아
노는 거리를 두고 관찰하는 차가운 관능의 악기다. 내게 피
아노 특유의 관능성을 강하게 불러 일으킨 남자 피아니스
트는 음악 역사상 최고의 피아니스트라 불린 프란츠 리스
트다.

청중을 압도하는 화려한 기교에 외모까지 아름다웠던
리스트는 당대 최고 스타였다. 지금처럼 관객이 무대 위 피
아노 연주자의 옆모습을 보게 된 건, 온전히 리스트 덕분이
다. '피아노 치는 내 미모를 감상하라'라고 팬서비스를 하
듯, 그는 자신의 옆 얼굴을 여성 관객들에게 선사했다. 작
곡가로도 유명했던 그의 곡 가운데에서 피아노 협주곡 두
곡과 헝가리 랩소디 등은 최고로 꼽힌다. 그의 제자들 연주
로 미뤄보면, 그의 연주는 상당히 단정하고 아름다웠을 것
같다.

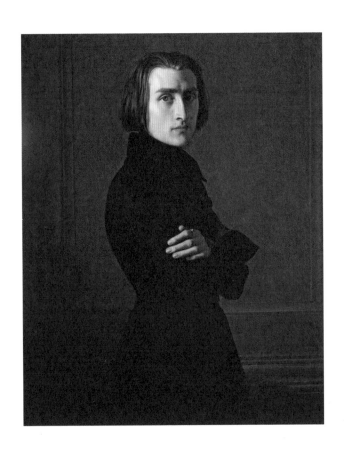

프란츠 리스트 초상화
앙리 레만 ┃ 1839 ┃ 캔버스에 유채 ┃ 113×86cm ┃ 파리 카르나발레박물관

제1회 제네바 국제 콩쿠르에서 열아홉 살 이탈리아 소년은 '새로운 리스트의 탄생'이라는 격찬을 받으며 우승했다. 그가 아르투로 베네데티 미켈란젤리Arturo Benedetti Michelangeli다. 그는 제2차 세계대전 때 공군 파일럿으로 참전해 독일군에게 잡혀 8개월 동안 포로생활을 하다가 수용소를 탈출했다. 바이올린과 오르간 연주에도 능했고, 스피드광이라 자동차 레이서로도 출전했다. '완벽주의자적인 기분파'라는 모순된 표현처럼 그는 레코딩을 싫어했고 공연을 자주 취소하였다. 건강상의 이유로 10여 년의 공백기 등 에피소드가 많았던 그는 스타의 조건을 골고루 갖췄다. 좀 놀아본 형님 같은 헐거움이 있을 것 같지만, 연주는 절대 편안히 들을 수 없다. 곡 해석은 대단히 날카롭고 정확하며 연주에 뜨거운 힘이 가득 차 있기 때문이다.

레퍼토리를 확장하는 데 아주 신중해서 레코딩을 조금만 남겨놓는 바람에 후대의 우리에게 좀 많이 해주지 싶은 서운함을 갖게 만든다. 조금 더 일찍 태어나 그의 연주를 직접 듣지 못한 게 안타까울 따름이다. 나는 그가 연주하는 갈루피Galuppi와 스카를라티Scarlatti의 바로크 소나타를 특히 아껴서 듣는다. 피아노 음으로 낼 수 있는 절정의 아름다움이 이렇지 않을까 하는 생각을 하게 만든다.

　미켈란젤리가 뜨겁다면, 글렌 굴드는 차갑다. 미켈란젤리가 열정적인 아름다움이라면, 굴드는 차가운 관능의 극치다. 미켈란젤리만큼이나 갖가지 기행으로 기록된 굴드는 특히 바흐 연주에서 독보적인 해석을 남겼다. 바흐의 종교적 색채를 굴드는 남극의 얼음처럼 차갑고 명징하게 연주한다. 피아노 소리를 싫어한 그는 피아노로 최대한 피아노 이전의 건반 악기였던 하프시코드에 가까운 소리를 만들어냈다. 연주하며 허밍으로 노래를 불러서 녹음 기술자들에게 골칫거리였지만, 잘 들어보면 굴드의 허밍은 오히려 음악을 더욱 잘 들리게 만드는 기묘한 효과를 자아낸다. 전성기를 구가하던 그는 서른두 살에 연주회를 '고통뿐인 속임수'라며 은퇴했다. 그 후 레코딩에만 집중한 덕분에 많은 음반을 남겼다. 그가 세상에서 가장 섹시한 피아노 곡이라 칭했던 브람스의 인터메조(op.117, no.2)는 꼭 늦은 밤에 들어볼 만하다.

피아니스트
엘린 감보기 | 1907 | 캔버스에 유채 | 57×57cm | 개인 소장

흰 셔츠를 입고 피아노 치는 소년은 아름답다. 열세 살에 모스크바 필하모니와 함께 쇼팽의 피아노 협주곡을 협연하며 세상을 놀라게 한 예프게니 키신Evgeny Kissin을 보면, 세상에 천재가 있다고 믿게 된다. 특히 라흐마니노프와 프로코피에프 등 러시아 작곡가와 쇼팽 등을 대단히 매력적인 해석으로 연주했다. 어린 소년인 그가 그토록 감정의 진폭이 큰 곡을 연주할 때, 피아노와 마주앉아 집중하고 몰두하며 변화하는 표정은 때때로 극도의 쾌락을 느끼는 듯하여, 그 감각의 정체가 끝내 궁금해진다. 그는 열정적인 연주를 좋아하는 한국에서 특히 인기가 높았다. 대부분 소년 거장들이 나이 들면서 우리를 안타깝게 만들지만, 볼 빨간 어린 키신을 기억한다면 누구도 지금의 키신을 거부할 수 없을 것이다. 그가 연주하는 모습을 직접 보면, 음악을 사랑하고 즐기는 피아니스트라는 생각이 든다.

프랑스 영화 〈아무르Amour〉를 봤다면, 어릴 적 선생님 앞에서 수줍게 베토벤의 바가텔(두 도막, 세도막 형식의 가벼운 피아노곡)을 연주하던 남자 피아니스트를 기억할 것이다. 그가 우리 시대의 스타 알렉상드로 타로다. 그가 들려주는 슈베르트와 쇼팽은 역시나 달콤하면서도 아프고, 슬프면서도 부드럽다. 그가 피아노로 풀어내는 음악은 하얀 목련처럼 우아하여, 우리 마음을 투명하고 맑은 관능으로 물들인다.

이런 남자 피아니스트들의 연주를 듣고, 유튜브로 피아노 치는 모습을 보면서 괜히 나도 다시 피아노를 배우고 싶어진다. 외국어 하나를 능숙하게 하고, 악기 하나쯤은 멋들어지게 연주하고 싶다는 욕망은 나이 들수록 커져만 간다.

오늘의 실없는
상상

두 팔은 고이 모았으나 날개가 돋아났다. 잠자리처럼 옅은
선의 날개는 모여서 하트가 되어 이본느를 감싼다. 마티스
는 이본느를 사랑했던 것일까. 모델의 우아함이 사랑스러
웠던 것일까. 근거 없는 상상으로 내 눈은 즐겁고 내 사랑
하는 몇몇의 등 뒤에 날개를 달아줬다. 날개 달린 그들의
모습을 마음으로 그리며 혼자 실없이 웃었다.

이본느 란베르의 초상
앙리 마티스 | 1914 | 캔버스에 유채 | 147.3×97.5cm | 필라델피아미술관

셀카 비법

셀카의 핵심은 최고의 각도를 찾는 것이다. 그 기준은 내가 원하는 이미지로 나를 담을 수 있는 각도인지 여부다. 그래서 셀카는 있는 그대로를 찍기take보다는 낚아채는capture 쪽에 가깝다. 포획을 목적으로 하는 일종의 사냥으로, 얼굴을 가장 치열하게 적극적으로 탐색하는 시간이자, 휴대전화 안에 이미지로만 존재할 나를 찾는(혹은 만드는) 과정이다. 혼자 화장실 거울 앞에서, 카페의 약간 어두컴컴한 조명 아래에서, 내가 원하는 내 얼굴의 이미지를 찾는다.

전문 사진가가 아닌데도 사진을 잘 찍는 사람은, 언제 상대가 가장 예쁘게 나오는지 알고 있을 가능성이 크다. 상대를 꼼꼼히 관찰하다 보면 저절로 알게 된다. 웃는 얼굴이 예쁘니까 웃을 때 찍고, 머리를 넘길 때 예쁘면 머리 넘기는 순간을 사진으로 담는다. 그래서 사진은 찍히는 사람만큼, 찍는 사람도 드러난다.

틀어올린 머리
에바 곤잘레스 ㅣ 1865-1870 ㅣ 캔버스에 유채 ㅣ 51×40cm ㅣ 개인 소장

행복의 비결은

친구의 고양이를 잠시 맡은 적이 있다. 서먹서먹함이 사라지자, 고양이는 이곳이 원래부터 제집인 양 잘 지냈다. 어느 날은 깃털 봉, 물어뜯어서 귀가 해진 토끼 인형, 오렌지색 탁구공, 흰색 유선 이어폰, 향수가 들었던 빈 박스, 검은색 연필, 투명 비닐을 한데 끌어모아 그 사이에서 졸고 있었다. 처음엔 도대체 왜 저것들을 다 모아놓았지 싶었는데, 가만 보니 모두 자기가 좋아하는 것들이었다. 그런 졸고 있는 모습이 처음엔 웃기고 귀엽다가 여기가 제집이 아니라 잠시 머무르는 것을 알고, 내 집에 정붙이려고 애쓰는 것만 같아서 약간 측은했다. 혹은 좋아하는 물건들을 모아놓아야 편히 잠드는 건가 싶어 그 고양이의 반려인에게 물었더니 "집에서도 그래. 그게 행복한가 봐. 우리도 그렇잖아? 좋아하는 것들을 주욱 펼쳐놓으면 흐뭇하고……"라며 깔깔 웃었다.

　그렇구나. 너는 그런 아이였구나. 너에게서 행복의 비결을 배운다.

카네이션, 백합, 백합, 장미
존 싱거 사전트 ┃ 1885 ┃ 캔버스에 유채 ┃ 174×154cm ┃ 런던 테이트브리튼갤러리

나는 어느 쪽일까?

내 친구가 내 험담을 했다는 말을 전해 들으면, 내 반응은 크게 두 가지로 나뉜다.

"걔가 그럴 리가 없어."
"걔는 그러고도 남을 인간이지."

그 친구의 얼굴을 떠올리며, 둘 가운데 어느 쪽인지 판단해봤다. 그래, 걔는 그럴 리가 없지. 걔는 그럴 애야, 앞장서서 그러겠지……. 그러다가 문득, 내가 저런 말을 했다는 헛소문이 돌 경우, 내 친구들은 나를 어느 쪽이라고 했을까?

혈액형보다
걸음걸이를 믿어요

처음 만난 사람이 내게 혈액형을 물으면 약간 당황스럽다. 혈액형과 성격의 상관관계와 그 적중률은 잘 모르지만, 혈액형으로 나에 대해 전부를 알았다는 듯 미소를 지으면 자리에서 벌떡 일어나고 싶어진다. 여하튼 주변에 혈액형을 믿는 사람이 꽤 여럿인데, 아주 흥미로운 사실을 발견했다. 그들은 오랫동안 알고 지낸 친구나 지인의 혈액형은 틀리는 반면에 처음 본 사람들은 잘 맞췄다. 아하, 상대를 알아가려는 노력의 일환으로 혈액형을 묻는구나. '취미가 뭐예요?'와 같은 질문인 셈이다.

나는 함께 걸어보고 상대를 평가하는 편이다. 처음 만난 상대와 길을 걸으면, 나를 향한 상대의 마음이 잘 느껴진다. 거리에서 생겨나는 많은 변수에 대한 반응을 보며 상대를 파악한다. 나와 같은 속도로 걸으려고 걸음걸이를 조절하는지, 나와 그 사이로 가방이 있으면 어깨를 바꿔 메는지, 우연히 손이나 팔이 슬쩍 부딪치면 몸이 놀라서 경직되는지, 앞을 보며 걷다가 가끔은 내 쪽으로 몸을 돌리는지 등등. 함께 걷다 보면 상대의 많은 것을 알게 된다.

안녕하세요,
인상이 참 좋으네요

빛이 풍경의 인상을 결정하듯이, 사람은 품고 있는 생각이 자신의 인상을 만든다.

　인상이 좋다고 반드시 좋은 생각을 하지 않을 수 있으나, 좋은 생각을 품고 살아가는 사람은 인상이 좋은 편이다.

나에게 더 묻지 말아요
로렌스 알마 타데마 | 1906 | 캔버스에 유채 | 78.8×113.6cm | 개인 소장

일요일,
무신론자를 위한 기도 시간

나는 신을 믿지만 종교는 없다. 신이 있기를 간절히 바라는 무신론자에 가깝다. 그 신이 토속신앙에서 말하는 신인지, 기독교에서 말하는 모습의 신인지, 부처의 모습을 한 신인지는 중요하지 않다. 만약 이 세상을 움직이는 신이 어느 한 종파에서 말하는 모습으로 축약된다면 어쩐지 섭섭하다. 우주를 우주 망원경 하나로 모두 담을 수 없듯이, 신도 하나의 종교로만 설명하지 못할 것 같다. 여하튼 나도 일주일에 한 번 정도는 (주로 일요일) 기도하는 마음이 든다. 신의 형상을 모르니, 나는 음악으로 기도 시간을 채운다. 그때그때 듣는 음악은 다르지만 주로 다음의 곡들과 함께한다.

'바흐, 바이올린, 오보에, 현악기와 콘티누오, BWV 1060 2악장 아다지오.'

내가 유학을 가 있는 11년 동안, 엄마는 매일 아침에 일어나면 맑은 물 한 그릇을 떠놓고 내 건강을 빌었다고 한다. 이 곡을 처음 들을 때, 엄마의 그 말이 떠올랐다. 내가 마음으로 아끼는 사람들에게만 들려준다.

'바흐, 무반주 바이올린을 위한 소나타와 파르티타, BWV 1001-1006.'

이 곡은 언제 작곡되었는지 구체적인 기록이 없어서 확실한 시기를 모른다. 다만 바흐가 괴텐의 궁정악단에서 활동하던 시기에 그곳의 바이올리니스트를 위해 썼을 가능성이 높다는 추측이 있다. 바흐가 죽은 지 52년이 지난 후인 1802년에 이 곡은 악보로 출판되었다. 악장이 모두 춤곡의 명칭을 따르지만, 음의 템포에 맞춰 사람이 직접 춤을 춘다기보다는 음과 음이 어우러지며 춤춘다. 춤추는 음들의 리듬감을 바이올린으로만 구현해내는 연주자들의 실력이 중요하다. 신앙심이 깊고 성실했던 바흐가 마음으로 빚은 소리의 기도로 나는 느낀다. 웬만큼 이름이 알려진 바이올리스트들은 한 번쯤 이 곡들을 연주하기에 내게도 나단 밀스타인Nathan Milstein, 요한나 마르지Johanna Martzy, 정경화, 기돈 크레머 등 연주자 10여 명의 음반이 있다. 그것들은 모두 엘피여서, 일요일에는 엘피로 음악을 듣는다.

'바흐, 나는 당신을 부릅니다, 예수 그리스도여, BWV 639.'
구소련 출신의 피아니스트 타티아나 니콜라예바Tatiana

Nikolayeva의 음반에서 이 곡을 처음 발견했다. 바흐의 곡은 언제 들어도 좋지만, 밤에 들으면 더 가까이에서 들린다. 엘피로 들으면 검은 레코드판의 골을 아주 가느다란 바늘이 비집고 들어가 음악을 재생하는 모습이 눈에 보여서 더 집중해서 듣게 된다. 아무리 들어도 갈증이 난다. 좋은 곡이고, 좋아하게 될 곡을 들을 때 가장 확실한 증후다. 피아노로 들어도, 첼로로 들어도 좋다.

안드레이 타르콥스키 감독의 영화 〈봉인된 시간〉도 이 곡으로 시작된다. 물속으로 초록 풀들이 물길을 따라 흐르고 오르간으로 연주되는 곡이 바흐의 외침이다. 그리고 〈코다〉에서 일본 출신의 세계적 음악가 사카모토 류이치가 타르콥스키의 그 영화를 거실에 앉아서 혼자 본다. 이미 바흐곡을 저 영화에서 써버렸으니, 자기만의 코랄은 직접 써야 한다고 말한다. 암에 걸려 투병 중인 그가 '예수님'을 '부르는' 마음을 내가 온전히 헤아릴 수는 없지만, 바흐의 곡을 들으며 나 나름으로 그의 심정을 짐작했다.

잠자는 집시
앙리 루소 | 1897 | 캔버스에 유채 | 129.5×201cm | 뉴욕 현대미술관

식상하지만
의외로 위로가 되어주는 말 8

화나고 스트레스를 받으면, 달달한 케이크와 마카롱을 마
구 흡입하는 한달콤 씨가 전한다.

"'자살'의 반대말은 '살자'고,
스트레스stressed의 반대말은 디저트desserts입니다.
달고 맛있는 디저트로 스트레스를 물리칩시다."

내 마음에도
관심이 필요하다

우리는 세상 풍경은 그토록 감탄하며 보면서 자기 자신의 내면 풍경에는 놀랄 만큼 무관심하다. 나 역시 해지는 저녁 하늘의 기묘한 색채는 감탄하며 보지만, 내 마음의 쓸쓸함에는 주의를 기울이지 않았다. 그 흔한 사진 찍는 몇 초의 관심도 없었다. 이제부터 내 마음에도 관심을 기울이기로 한다.

Image Credit

p.097   catwalker / Shutterstock.com
p.157   www.flicker.com / Plum leaves
p.202-203 www.flickr.com / Gandalf's Gallery
p.225   www.flickr.com / Regan Vercruysse

새벽 1시 45분,
나의 그림 산책

초판 1쇄 발행일 2019년 10월 28일
초판 2쇄 발행일 2019년 11월 21일

지은이   이동섭

발행인   이승용
주간   이미숙
편집기획부   박지영 조준태   **디자인팀**   황아영 한혜주
마케팅부   송영우 김태운   **홍보전략팀**   김예진
경영지원팀   이루다 이소윤

발행처 |주|홍익출판사
출판등록번호 제1-568호
출판등록   1987년 12월 1일
주소   [04043]서울 마포구 양화로 78-20(서교동 395-163)
대표전화   02-323-0421   **팩스** 02-337-0569
메일   editor@hongikbooks.com
홈페이지   www.hongikbooks.com

제작처   갑우문화사

ISBN 978-89-7065-736-3 (03810)

이 도서의 국립중앙도서관 출판예정도서목록(CIP)은
서지정보유통지원시스템 홈페이지(http://seoji.nl.go.kr)와
국가자료공동목록시스템(http://www.nl.go.kr/kolisnet)에서 이용하실 수 있습니다.
(CIP제어번호: CIP2019041338)